MAGDALENA UNGERSBÄCK

Weltschmerz
und
Wahnsinn

novum 📖 pro

Dieses Buch ist auch als
e-book
erhältlich.

www.novumverlag.com

Bibliografische Information
der Deutschen Nationalbibliothek:

Die Deutsche Nationalbibliothek
verzeichnet diese Publikation in
der Deutschen Nationalbibliografie.
Detaillierte bibliografische Daten
sind im Internet über
http://www.d-nb.de abrufbar.

© 2021 novum Verlag

ISBN 978-3-99107-768-8
Lektorat: Dr. Johannes Krämmer
Umschlagfotos:
Sorin Voicu, Nikolay Kolev,
Dreamstimegreat | Dreamstime.com
Umschlaggestaltung, Layout & Satz:
novum Verlag

Gedruckt in der Europäischen Union
auf umweltfreundlichem, chlor- und
säurefrei gebleichtem Papier.

www.novumverlag.com

Inhaltsverzeichnis

Amira
17 Jahre, Bad Ischl, Österreich

9. November 2019

Sie sagen alle, mit siebzehn Jahren, da hat man noch Kraft und Energie, mit siebzehn Jahren, da ist man glücklich, hat Träume und Hoffnungen. Das ist die beste Zeit im Leben, sagen sie. Doch wie es wirklich ist, das Siebzehn-Sein in diesen Tagen, das wissen nur die Siebzehnjährigen ganz allein. Ich bin eine von ihnen und „die beste Zeit im Leben" stelle ich mir wahrlich anders vor. Ich sitze regungslos da und das Flimmern des Fernsehers scheint die einzige Lichtquelle an diesem tristen Tag, der in schweren Nebel gehüllt ist. Der Reihe nach führe ich mir Dokumentationen und Shows zu Gemüte, die heute das 30-jährige Jubiläum des Mauerfalls feiern. Wie glücklich die Deutschen wirken, voller Lebensmut und Feierlaune, und ich freue mich mit ihnen, auch wenn es mir egal sein könnte. Doch dann fällt mir wieder ein, dass ich überhaupt keine Zeit zum Freuen habe. Mein Inneres krampft sich nervös zusammen. Denn es ist ja November, der Monat, in dem jeder Lehrer das dringende Bedürfnis verspürt, uns mit zigtausend Schularbeiten, Tests und Referaten überschütten zu müssen. Bildung ist schließlich wichtig. Bildung ist alles. Ohne Bildung bist du nichts. Du musst doch wissen, dass Triosephosphatisomerase als katalytisch perfektes Enzym gilt und wie man die Elektronegativität einer Atombindung bestimmt, denn das wird dir auch im Leben weiterhelfen. Bestimmt. Übermorgen, nach dem Test, werde ich nicht mehr darüber nachdenken, spätestens in einem Jahr kann ich mich nicht mehr erinnern, jemals davon gehört zu haben und in fünf Jahren kann ich diese Wörter nicht einmal mehr aussprechen. Nicht einmal nach hundert Versuchen. Aber hört, hört! Bildung, Bildung! Man kann doch nie genug gebildet sein! Jedoch Wissen allein zählt auch nicht viel. Gegen Wissen ist nichts einzuwenden, ich weiß gerne viel. Doch dieses schöne Wissen muss tagtäglich bewiesen werden, sonst nützt es nicht viel.

Leistungen bringen, das ist wichtig. Ständig und bedingungslos abliefern, das erwartet man von dir. Auch wenn du bis dahin wie ein Genie behandelt wirst: Sobald du auch nur in einem einzigen Unterrichtsfach versagst, wird dir nur dieser eine Misserfolg vor Augen gehalten, wird dir dein Versagen auf einem Silbertablett serviert. Stellt euch vor, ich kann auch einmal etwas nicht! Schande, unerträgliche Schande! Alles zielt auf ein Ereignis ab, die ganze Schikane bereitet uns mit gutem Willen auf die Matura vor. Die Matura, allein die Aussprache dieses Wortes muss dich in tiefe Ehrfurcht sinken lassen. Schon als ich vierzehn war, haben uns die Lehrer in reinste Panik versetzt mit diesem Wort. Jede einzelne Stunde fiel es mit donnernder Wucht über uns nieder, denn sie wollten uns Angst machen, damit wir alles geben, von Anfang bis zum Schluss. Damit am Ende nicht sie als Versager dastehen, damit sie ihre eigene Leistung vollbringen. Ohne Matura kommt man nicht weit, ohne Matura wird man nie etwas Großartiges, Weltbewegendes erreichen, hört man indirekt und doch so deutlich. Alles, was sie aus ihren Mündern speien, sind „Leistung" und „Druck". Wo soll das hinführen? Was erwartet man sich davon? Millionen gut gebildete Menschen, die auf Hochleistung laufen, um dem Versagen zu entkommen. Menschen, die nur nach Anerkennung lechzen und sich zu Tode schinden, um den Erfolg zu ergreifen. Schwäche ist schändlich, emotionale Intelligenz ist bloß ein Wort. Erfolgreich und todunglücklich, wenn alles gut geht – so stelle ich mir mein vorbestimmtes Leben vor. Und natürlich lässt sich leicht denken: „Übertreib doch nicht, so schlimm wird es schon nicht sein!" Doch tagtäglich diese stoßende, penetrante Hand im Rücken zu spüren, die dich immer weiter nach vorne drückt, selbst wenn du eine Pause brauchst, um Luft zu holen, die mit Angst auf dich einprügelt, wenn du dich dem Wahn entziehst und dir die Pause einfach nimmst: Davon verstehen die, die das nicht ertragen müssen, nichts. Die Leiden eines jungen Menschen werden mit einer kleinen Handbewegung und einem verständnislosen Schnauben weggefegt.

„Stell dich nicht so an, Amira! Steigere dich nicht so hinein!"

„Du bist so ernst, schau doch nicht immer so indigniert!"

„Was ist los mit dir? Du bist zu nichts zu gebrauchen!"

„Du bist so langweilig! Du bist doch noch jung, wie soll das noch mit dir weitergehen!"

„In deinem Alter wollte ich was erleben!"

Danke, vielen Dank. Ich will doch selbst gern etwas erleben, einfach Mensch sein. Tollpatschig und voller Fehler. Aber die Bildung, diese unersetzliche Bildung, von der ich noch nicht genug habe, zwingt mich jahrelang in einem dunklen Raum zu sitzen, nur mit Büchern, Heften und einem Laptop. Und ich lasse mich zwingen, ich bin eine dieser Unglücklichen, die sich dazu zwingen lässt, damit ich die Leistung erbringe, die man von mir erwartet. Die dunkle Hand im Rücken stößt mich weiter und weiter und ich gebe ihr nach. Ist es da verwunderlich, dass ich so lustlos schaue, dass ich kraftlos und langweilig bin? Ich stehe auf, beende das Flimmern des Fernsehers und somit auch das letzte freudige Licht im Haus. Schließlich habe ich keine Zeit, mich der Freude hinzugeben, schließlich spüre ich wieder den festen Handabdruck in meinem Rücken. So schleiche ich in mein Zimmer, wohin mich die Hand schiebt, wo die heulenden Bücher und Hefte liegen. Auf dem Weg bleibe ich kurz vor dem großen, langen Spiegel stehen, der den Gang schmückt und starre mich an, erkenne mich gar nicht wieder. Meine schwarzen Haare werden stumpf, die grünblauen Augen verlieren das aufgeregte Leuchten und die eigentlich so braune Haut wird unnatürlich blass. Doch ich werde mich nicht laut darüber beschweren. Ich schreie. Ich schreie leise. In meinem Inneren. Denn ich weiß, sobald ich meinen Schmerz laut in Worte fassen würde, wäre Verständnis das Letzte, das mich erreichen würde. Wütende, genervte Blicke träfen mich. „Du musst doch nicht in die Schule, dann geh doch arbeiten!", höre ich sie schon fauchen. Wenn es doch so einfach wäre! Ist es nicht egal, wohin ich gehe, ob Schule oder Arbeit? Die dunkle, drückende Hand im Rücken wird mich überallhin verfolgen. Durch die gesamte Welt. Weil ich mich verfolgen lasse, weil ich mich nicht dagegen wehren kann, sie nicht einfach wegschlage. Es ist meine Schuld.

Ich weiß nicht mehr, wohin mit mir. Ich bin das Wrack meiner Seele. Obwohl ich doch erst siebzehn Jahre alt bin.

Antonio
32 Jahre, Bergamo, Italien

11. November 2019

Ich schlurfe durch die graue Stadt und merke, wie vertraut Bergamo mir ist. Ich hatte es schon fast vergessen, zu lang bin ich nicht mehr hier gewesen. Und trotz des vertrauten Gefühls von Heimat und von Ruhe füllt sich die Leere in meinem Inneren nicht. Ich hatte die Hoffnung, dass die stille Verzweiflung, die tagtäglich meine Kehle zuschnürt, verschwinden würde, wenn ich einmal hier bin. Vergebens. Es ist wohl sinnlos. Ich gehe weiter, betrachte hin und wieder meinen dicken Schal und meine dunkelblaue Jacke in den Fensterscheiben der funkelnden Geschäfte, an denen ich vorbeigehe. Blicke auf mein eingefallenes Gesicht und auf die tiefen Ringe unter den Augen vermeide ich dagegen. Ich hasse Herbst und Winter. Ich hasse diese grauenhafte Kälte, die sich bis in meine Knochen frisst. Immer ist es grau und nebelig – meine Stimmung verschmilzt mit dem Wetter. Ich kann nicht ausgeglichen oder gar glücklich sein bei dieser endlosen Nässe. Was bin ich bloß für ein Sensibelchen? Ich bin auf dem Weg zu meinen Eltern und zu meinem Bruder, zu dem Haus, in dem ich aufgewachsen bin. Ich sollte mich doch freuen, gleich von meiner Mutter aus Überschwang fast zerquetscht zu werden, den vertrauten Handschlag meines Bruders Giorgio zu spüren und das wohlwollende Lächeln meines Vaters zu erhalten. Doch all das fühlt sich so endlos weit weg an. Ich fühle mich von allem und jedem schrecklich entfernt. Als wäre ich immer abwesend und befände mich in meiner eigenen Welt aus bedrückenden Gedanken. Sobald ich unser Haus betreten werde, wird mich meine Mutter mit Fragen bombardieren. Sie wird fragen, wie es mir in Rom gefällt, wo genau meine Wohnung liegt und wie vielen Menschen ich schon wieder das Leben gerettet habe, seitdem ich Arzt im Hospital of the Holy Spirit geworden bin. Ich werde wohlwollend lächeln und sagen, dass es wunderschön in Rom sei, dass meine Wohnung eine Traumwohnung sei und mein Beruf mich erfülle. Das ist ja wohl auch die Wahrheit. Es scheint doch alles perfekt zu sein. Doch warum fühle ich mich so leer und verloren? Vielleicht weil ich das Leid der Menschen nicht vergessen kann und weil dieses Leid niemand lindern kann. Als Arzt will ich Menschen helfen und die meisten Menschen, die zu mir kommen, gehen wieder gesund von mir weg. Darauf bin ich stolz. Aber da gibt es auch unheilbare Krankheiten, Unfälle und Tod. Monatlich, wöchentlich, täglich. Und natürlich kann ich das ertragen, lasse es nicht zu nah an mich heran, sonst wäre ich wohl nicht fähig, Arzt zu sein. Das ist ein Kinderspiel geworden. Trotzdem begreife ich die Ungerechtigkeit der Welt nicht, verstehe ich nicht, warum das Menschsein weh tun muss. Plötzlich bemerke ich, wie meine Schritte immer schneller werden und wie sich die Kälte des Windes durch meinen Körper frisst. Immer wenn ich in Gedanken bin, fange ich unbewusst zu rennen an. Ich laufe und laufe, laufe vielleicht vor meinen eigenen Gedanken davon. So schnell wie jetzt bin ich diesen Weg noch nie gegangen. Ich sehe schon das Haus meiner Familie, schlucke schwer angesichts der Erwartung, dass mich meine Mutter nicht nur auf mein jetziges Leben in Rom ansprechen wird, sondern auch auf die Zeit davor und wie froh sie ist, dass diese Zeit vorbei ist. Es wird immer wieder angesprochen, immer und immer wieder. Denn am Höhepunkt der Flüchtlingskrise fühlte ich mich gebraucht, fühlte ich mich verpflichtet, nicht nur auf der Seite zu stehen und zu glotzen. Ich fuhr die letzten Jahre nur von Flüchtlingslager zu Flüchtlingslager und versuchte den Schmerz der Geflohenen ein bisschen zu lindern. Auch sie brauchten Ärzte, wenn sie krank waren, und krank waren sie oft. Gebrochene Menschen werden leichter krank. Mit meiner Familie darüber reden: Das will ich aber nicht, kann ich einfach nicht. Ich will nicht ständig daran erinnert werden, an diese Bilder, die niemals verschwinden werden. Natürlich bereue ich keinen einzigen Tag, den ich den geflüchteten Menschen gewidmet habe, aber mir scheint, dass ihr ganzer Schmerz sich auf mich übertragen hat. Die Angst vor einer unsicheren Zukunft, die Angst vor dem bereits Erlebten: Man konnte sie förmlich spüren, jedes Mal, wenn man ihre dünnen Beine und knochigen Arme berührte. Als sie alle in diesen Zelten zusammengepfercht kauerten und ich mich durch sie hindurchschlängelte, von einem Kranken zum anderen, lag pure Verzweiflung in der Luft. Wie ungewollt und ungeliebt sie sich fühlen mussten, konnte ich mir gar nicht vorstellen. Es tat so furchtbar weh. Irgendwann hatte ich genug von Flüchtlingslagern und ertrug diese überfüllten, verschmutzten und überschwemmten Zelte und Container nicht mehr, doch das Verlangen, zu helfen und etwas zu ändern, blieb. So fuhr ich von Hafen zu Hafen. Dort durften NGO-Rettungsschiffe nicht mehr anlegen, denn diejenigen mit der Macht in der Hand, diese „Menschenfreunde", hatten es verboten. Sollen die Ausländer doch auf diesen Booten verrecken! Hätten sie es doch nicht gewagt, sich nach Europa zu begeben. Wir brauchen keine Flüchtlinge. Es ist ihre eigene Schuld.

Wie grausam Menschen sein können. Würden unsere werten Menschenfreunde immer noch so reden, wenn sie selbst einmal auf diesen Booten stünden? Wenn sie das sähen, was ich gesehen hatte? Was hatte ich denn gesehen? Als ich so an den Häfen stand und auf die Ruhe und Weite des Meeres blickte, verloren dort draußen Menschen ihren Verstand. Sie badeten in Angst auf den Schiffen, die nicht anlegen durften. Die See war ruhig, die Wellen waren leicht und das Plätschern zart. Auf den ersten Blick sah man nichts als ein friedliches Schiff. Doch dieser Friede war Illusion und bloßer Trug, das Schiff wurde von reinster Panik überflutet, die man vom Ufer nicht sah, nicht einmal spürte. Die heile Welt schien echt. Doch die, die noch nicht selbst ertrunken waren, ertränkten dort ihre letzte Hoffnung. Platzangst, Seekrankheit, Ungewissheit. So brachte man mich auf diese Schiffe. Ich sah, wie die Flüchtlinge durchdrehten und sich gegenseitig zu hassen begannen, weil sie schon zu lange auf zu engem Platz aufeinander klebten. Es war heiß und eng. Ich schwitzte wohl mehr Schweiß, als Wasser im Meer war, und ihre Seelen schienen dahinzusiechen. Sie drehten durch und erschlugen sich fast. Sie sprangen von der Reling und wollten ans Ufer schwimmen. Sie wollten endlich ihren Frieden, der nirgends in Sicht war, finden. Ich half dabei, die Ausreißer aus dem Meer zu fischen und zurück auf das Boot zu holen, verband Wunden und spritzte hie und da ein Beruhigungsmittel, wenn man mich darum bat, wenn die leeren Augen mich wirr und fast irr ansahen. Doch das, was mich bis heute verfolgt, was mich nicht mehr loslässt, was ich niemals vergessen werde, sind die großen, dunklen Kinderaugen, die mich voller Angst und Traurigkeit und doch gnadenlos anstarrten, die sich unter Tränen winselnd windeten und sich in den dunklen, muffigen Ecken der Schiffe nach einer sicheren Heimat sehnten. Kinder, denen dieses große „Warum" auf der Zunge brannte. Die den Wahnsinn um jede Ecke lugen sahen. Auch wenn die Flüchtlingskrise noch nicht zu Ende ist und wohl auch so bald kein Ende nehmen wird, habe ich vor kurzem mit trauriger Erkenntnis eingesehen, dass ich nicht mehr helfen kann. Ich habe getan, was ich konnte. Mehrere Jahre lang. Es ist genug, für mich ist es vorbei. Nur wenige verstehen, warum ich mir das überhaupt angetan habe. Mein Vater sagte damals, ich sei ein „Gutmensch", meine Mutter war stolz. Ich will einfach vergessen. Deshalb wohne ich nun in Rom, in einer bezaubernden Wohnung und arbeite als Arzt in einem hervorragenden Krankenhaus – in der Hoffnung, keinem zu begegnen, der mich darauf ansprechen kann, der den Menschen kennt, der ich einst war. Damit ich in mich hineinschweigen kann. Plötzlich stehe ich vor unserem Haus; ich habe gar nicht realisiert, wie schnell und gedankenverloren ich durch Bergamo gegangen bin. Ich atme aus, puste mühevoll die Gedanken davon und schließe die Haustür auf. Dieser vertraute Geruch und diese vertrauten Stimmen kommen mir entgegen und bringen mich unverhofft zum Lächeln, auch wenn es ein müdes Lächeln ist.

Ling
44 Jahre, Peking, China

20. November 2019

Mein Handy hat vibriert und ich habe es ignoriert. Obwohl es
auf dem Tisch liegt, direkt neben mir. Obwohl ich gesehen habe,
dass es Xiaolong war, mein Mann. Ich sitze, wie fast jeden Tag,
hier im Büro als Sekretärin einer Modefirma. Der Raum ist riesig, fast eine Halle, und nebeneinander stehen gefühlt Tausende Schreibtische mit Tausenden Computern. Und unter diesen
Tausenden Menschen, die hier arbeiten, sitze ich unbemerkt da,
starre auf meine Tastatur und ignoriere meinen Mann. Ich weiß
doch, was er mir sagen will. Ich könne ruhig Überstunden machen, ich solle mich brav von allen verabschieden, wenn ich
nach Hause gehe, ich müsse aufmerksam die Straßenverkehrsre-
geln beachten, wenn ich zur U-Bahn eile und dürfe dort auch
keine Auffälligkeiten von mir geben. Er bläut mir dies schon
seit Ewigkeiten ein und natürlich habe ich es immer fügsam be-
folgt. Nur die Überstunden nicht. Auf die verzichte ich. Wie
auch heute. Ich will nach Hause. Zu meinem Kind, zu meinem
Bett und auch ein bisschen zu meinem Mann. Ein bisschen. Ich
schalte den Computer aus, erhasche mein angespanntes Gesicht
auf dem schwarzen Bildschirm, stehe auf, sage brav zu allen „bis
morgen" und mache mich auf den Weg nach Hause. Es ist schon
fast dunkel und ich will mich beeilen, aber nicht zu sehr, denn
dann wäre ich auffällig und unaufmerksam und würde vielleicht
einen Fehler machen. Bei Rot über die Straße laufen oder jemanden anrempeln. Das wäre fatal. Vorsichtig hebe ich den Blick.
An jeder Straßenecke sind Kameras, die sofort wissen, wer ich
bin, sobald sie mich eingefangen haben. Eigentlich leben wir
in einer totalüberwachten Welt. Aber das ist auch nicht weiter
schlimm, ich habe nichts dagegen. Es ist sogar gut, es verspricht
Sicherheit. Sicherheit für uns alle, wenn sie sehen, was wir tun.
Sicherheit sollte man vor Freiheit stellen, nicht wahr? Das ist ver-

nünftig und vernünftig sollten wir sein. Dann können Kriminelle sofort identifiziert und verhaftet werden. Gut, ich bin dafür. Ich eile durch Peking, das am Abend immer schriller und bunter wird, Tausende Geräusche und blinkende Lichter prasseln auf mich herab. Zügig husche ich durch die U-Bahn-Stationen und die Wohngassen, bis ich unsere Wohnung erreiche. Die schwere Eingangstür des Gebäudes aufgemacht – die Stiegen hinauf, die bis in die Unendlichkeit zu führen scheinen – den Schlüssel in die Wohnungstür – drehen – Knack – und offen. Ich trete ein und sehe Xiaolong am Küchentisch sitzen, den Kopf über eine Zeitung gebeugt.

„Hallo, da bin ich!"

„Hallo Ling, sieh da!" Er winkt mich gleich zu sich und trommelt auf die Zeitung: „Das scheint die perfekte Wohnung zu sein!"

Ich beuge mich zu ihm, betrachte das Bild und den Preis und sage: „Ja, perfekt."

Wir wollen nach Shanghai ziehen, brauchen dort eine schöne Wohnung. Eine schönere als jetzt. Und eine größere. Xiaolong hat nämlich ein Jobangebot dort erhalten. Er will es annehmen, denn dann ist er bedeutender als jetzt. Kein gewöhnlicher Polizist mehr, nein, ein richtig einflussreicher Polizist, so sagt er.

Er schlägt die Zeitung zu und mustert mich.

„Du hast nicht abgehoben."

„Ich wusste doch, was du mir sagen willst."

„Gut." Er stockt, dann holt er nochmals aus: „Ling, es ist wirklich wichtig. Wir müssen uns benehmen!"

„Tun wir doch."

„Ja. Wir brauchen nämlich die Punkte, wenn wir die Wohnung bekommen wollen und du einen neuen Job in Shanghai willst!"

„Ich weiß. Das ist jetzt keine Neuigkeit mehr!" Ich bin genervt von seiner ständigen Leier wegen der Punkte.

Seit einigen Jahren gibt es eine Testphase in einigen chinesischen Städten für das Sozial-Kredit-System. Danach bekommt man Plus- oder Minuspunkte für sein Verhalten. Wenn du zum Beispiel auf die Straße spuckst oder bei Rot über die Straße läufst, bekommst du Minuspunkte. Wenn du regelmäßig deine Eltern anrufst oder jemandem hilfst, Sachen, die ihm zu Boden gefallen sind, aufzuheben, dann bekommst du Pluspunkte. Das soziale Verhalten zählt. Die Kameras nehmen alles auf. Sobald du zu viele Minuspunkte auf deinem Konto hast, kommst du auf die Schwarze Liste und dann ist dein Leben eigentlich gelaufen. Du wirst kein Zug- oder Flugticket mehr erhalten, keine Wohnung und keinen Job finden oder deine jetzigen Besitztümer sogar verlieren. Wie surreal das klingt! Ab 2020 soll dieses Punktesystem in ganz China gelten. Xiaolong und ich wollen natürlich jetzt schon viele Punkte machen, damit wir bald in Shanghai ein schönes Leben beginnen können. Ein schönes Leben. Er soll trotzdem mit dem Geschwafel von den Punkten aufhören. Das Kind ist wohl wichtiger.

„Wie geht es Maja?", frage ich ihn, „wart ihr im Krankenhaus?"

„Ja. Sie schläft jetzt. Sie hat die Infusionen bekommen und auch neue Medikamente", antwortet mein Mann, ohne den Blick von der geschlossenen Zeitung zu nehmen.

„Hat sie wieder erbrochen?"

„Ja, aber nur ein einziges Mal!"

„Gut. Ich gehe zu ihr!"

Ich drehe mich um und gehe in Majas Zimmer. In das Zimmer meiner zwölfjährigen Tochter. Vorsichtig öffne ich die Türe und schleiche mich an ihr Bett. Es ist stockdunkel, die Vorhänge sind zugezogen und es riecht nach Schlaf. Ich sehe rein gar nichts, muss mich langsam und unbeholfen vorantasten. Nur ihr sanftes Atmen ist zu hören. Sachte lasse ich mich auf ihrem Bett, neben ihr, nieder und streichle ihr zartes, warmes Gesicht. Sie hat das alles nicht verdient. Sie ist zu lieb für diese Welt, für dieses Schicksal. Mein armes Kind. Der Vater redet nur von Punkten, die Mutter ständig im Büro, das Kind verseucht von Leukämie.

Jack
61 Jahre, Nähe Houston, Texas, USA

27. November 2019

Ich mache meinen stündlichen Rundgang, um zu sehen, ob auch alles seine Ordnung hat. Die Rinder sind schon wieder unruhig und bocken nur. Am liebsten würde ich ihnen allen nacheinander die dummen Schädel durchschießen. Aber am nächsten Tag würde ich es bereuen, da bin ich mir sicher. Eigentlich liebe ich sie doch. Und ich brauche sie, halte sie nicht zum Vergnügen. Meine Farm ist riesig, meine Rinderherde auch. Trotzdem bin ich weit und breit der einzige Mensch hier. Da und dort tummeln sich ein paar Farmarbeiter herum, aber eigentlich bin ich allein. Drei Söhne habe ich in diese gottverdammte Welt gesetzt und keinem dieser Idioten scheint mein Erbe etwas zu bedeuten, keiner dieser Nichtsnutze will meine Farm übernehmen. Nun gut, Benny, meinem Ältesten, sei es verziehen, denn er dient dem Vaterland, riskiert sein Leben als Soldat. Ein richtiger Mann. Aber die anderen beiden – pure Versager. Luke kritzelt irgendwelche Bilder, nennt sich Künstler und verdient nicht einmal genug zum Fressen. Und Josh? Keine Ahnung, wie man das nennen soll, was er da macht. Nimmt sein Leben mit der Kamera auf und irgendwelche Leute, die nichts Besseres im Sinn haben, schauen sich seine Videos im Internet an. Idiotisch. Wenn er wenigstens im Fernsehen wäre. Seit 61 Jahren lebe ich auf dieser Farm, auf der schon mein Vater und Großvater gearbeitet haben, und meinen Söhnen ist das egal. Sobald ich unter der Erde liege, werden sie mein Lebenswerk verkaufen. Die hundert Rinder, die vier Pferde, den Hund, die Katzen, die von selbst immer mehr werden, die Felder, die Ställe, mein Haus. Alles für nichts. Deshalb habe ich sie auch verjagt, will sie nie wieder zu Gesicht bekommen. Nur von Benny bekomme ich noch ein Lebenszeichen. Hin und wieder, wenn es seine Situation zulässt. Ich drehe um, stapfe ins Haus zurück, neben dem die amerikanische Flagge im Wind flattert. Mein Haus, meine Farm, alles hier ist Amerika, wie ich es liebe. Das alles erinnert an Westernfilme, in denen Cowboys durch die Gegend reiten. Hier bin ich der Cowboy. Oder zumindest war ich es einmal. Vor langer Zeit. Als die Welt noch in Ordnung war. Ich stehe in der dunklen Küche und starre in den Spiegel, der neben dem Kühlschrank hängt. Vor vielen Jahren hatte ihn Sarah dort platziert. Sie brauchte in jedem Zimmer einen Spiegel, musste immer wissen, wie sie aussah. Wie sehr ich es liebte an ihr! Nun schaue ich in diesen Spiegel, sehe nur ein grimmiges, faltiges Gesicht mit einem zerschlissenen Cowboyhut auf dem Kopf. Wie wütend mich dieser Anblick macht! Ich erinnere mich daran, als Josh vor zwei Monaten hier war, wahrscheinlich das letzte Mal in seinem Leben und, genauso wie Sarah damals, in den Spiegel sah. Kurz war ich gerührt. Doch dann fing er an, sich über die Internetverbindung zu beschweren und tobte wie ein Rumpelstilzchen, welche Katastrophe es war, dass er sein Video nun nicht pünktlich „hochladen" konnte. Wo auch immer er es „hochladen" wollte. Er meinte, er habe fast vergessen, wie öde es hier war. Nicht so aufregend und glamourös wie in Miami, wo er nun mit seinen Millionen auf dem Konto lebt, wie er immer keck andeutet. Sein Geld war mir egal, seine Videos, sein blondes, langbeiniges Model auch, und sein beschissenes Miami sowieso. Er tippte ständig auf seinem Smartphone, war gar nicht richtig ansprechbar. Wie im Koma. Und als er dann noch meckerte, warum ich nicht einmal ein Smartphone habe, nur einen alten Fernseher und ein Tastenhandy und generell noch im 19. Jahrhundert lebe, packte mich die Wut und ich vertrieb ihn mit allem, was mir in die Hände fiel. Jetzt sehe ich nur mich selbst und mein grausames Leben im Spiegel. Beinahe drohe ich vor Wut zu platzen. Früher hätte mich Sarah angelächelt, mir über den Rücken gestreichelt und alles wäre gut gewesen. Doch sie ist ja nicht mehr da. Das Einzige, das bleibt, sind Fotos. Und meine Rinder. Meine Kehle schnürt sich zusammen und ich verliere mich in meiner Wut, stehe neben mir, wie der Statist meines Lebens. Ich raste aus, schnappe über, hasse alles und jeden. Schlage brüllend mit der Faust auf den Spiegel ein, bis die Scherben sich in meine Haut fressen, die Scherben meines Lebens, die Scherben der Erde. Das Blut läuft mir die Hand hinunter, tropft langsam auf den Boden. Und trotzdem wird es einfach nicht besser.

Amira

7. Dezember 2019

Natürlich weiß ich, dass ich mir selbst den Stress mache, aber die anderen, die anderen sind doch schuld daran. Sie reichen mir den Koffer aus Angst und Stress und ich trage ihn auch noch. Ich Idiotin schleppe ihn einfach mit, ich tue mir keinen Gefallen damit. Doch es wäre unhöflich und unangebracht, den Koffer einfach stehen zu lassen. Ich weiß, ich sollte den Koffer einfach stehen lassen. Aber ich kann nicht, ich kann es einfach nicht. Wenn man es gewohnt ist, immer gute Leistungen zu erbringen, dann möchte, nein, dann muss man dieses Niveau auch aufrechterhalten. Nicht nur, weil man es sich selbst beweisen will, sondern auch weil die anderen es für selbstverständlich halten. Familie, Lehrer. Die Fallhöhe eines Einserschülers auf eine Vier ist doch gewaltiger, länger und schmerzhafter, als von einem Viererschüler auf eine Fünf. Es sind immer Versagensängste im Spiel. Obwohl es doch eigentlich egal wäre, ob man eine Eins oder eine Vier bekommt, positiv ist positiv. Kein Hahn kräht danach. Wie oft ich das höre und gleichzeitig weiß, dass die Realität ganz anders ist. Die Familie sagt mir, dass Noten nicht wichtig sind, dass sie nicht enttäuscht oder gar böse sind, wenn es ein Vierer und kein Einser ist. Und wenn es dann wirklich einmal eintritt, was dann? Dann werde ich angeschrien oder einfach nur enttäuscht angestarrt. Dann bin ich plötzlich schlampig und faul. Tatsache ist, dass ich angefaucht werde, dass ich noch schön schauen werde, wie das mit mir weitergehe, dass die Fünf schon in Sichtweite sei und die Matura eine Katastrophe werden würde, wenn es so bliebe. Kein Aufmuntern, kein Trost, kein Beschwichtigen. Immer nur Angst, Vorwürfe und Druck. Der Druck der kalten Hand auf meinem Rücken, der immer fester wird. Dann frag ich mich, wie es den tatsächlichen „Fünferkandidaten" gehen muss, die immer auf der Kippe stehen und in den finsteren Abgrund blicken müssen. Vielleicht ist es ihnen egal, denn sie kennen es nicht anders, sie sind es gewohnt. Warum sich vor etwas fürchten, das bereits normal ist, etwas, das man schon tausendmal erfahren hat und auch bewältigen konnte? Unbeschwert und leicht stelle ich mir das vor. Darauf geschissen. Gerne würde ich mitscheißen. Hätte ich es doch von Anfang an getan, jetzt kann ich mich nicht mehr wandeln. Oder ist jeder Schritt, jeder Gedanke, den sie tun, ein einziger Stressakt, ein verzweifelter Schrei, Angst, dass sie keine annehmbare Zukunft haben werden? Und da fragt sich noch irgendjemand, warum es in der Welt so viele Schulabbrecher gibt, die nicht weiter für ihre Bildung kämpfen! Nicht aus Dummheit und Faulheit, zumindest nicht nur. Möglicherweise gibt es auch diejenigen, die ebenfalls diese grausame Hand im Rücken spüren, die sie gegen die Wand drückt, bis die Atemnot eintritt, die sich in ihr Fleisch rammt, bis das Blut spritzt. Irgendwann hat diese Hand die komplette Kontrolle über dein Leben, über dein Überleben. Irgendwann kann man sich ihr nicht mehr fügen, ist jegliche Hoffnung ausgelöscht und man muss sich ihr endgültig entziehen. Wie sehnlichst ich mich ihr entziehen will! Warum denn keine Bildung, kein Wissen ohne diese gewalttätige Hand? Oder mit einer Hand, die dich aufmunternd anstößt und dir auf die Schultern klopft, anstatt dich labil zu schlagen. Wie schön, wie surreal das wäre! Warum nicht einfach lernen, ohne ständig etwas beweisen zu müssen? Schön wäre es, einfach mal weniger beweisen zu müssen. Wenn man nicht ständig unter Stress stehen würde, wäre man dann nicht von selbst ein bisschen wissbegieriger? So stellt sich die kleine Amira die Welt vor. Warum überhaupt die Maturaprüfungen? Warum kann es nicht möglich sein, die Ergebnisse des ganzen Schullebens zu berücksichtigen, Ehrgeiz und guter Wille inklusive? Nach zwölf Jahren Schule muss man ernsthaft noch etwas beweisen, braucht man wirklich diesen angsterregenden Abschlusstest? Ich weiß es nicht. Ich weiß nicht, was diese Welt wirklich braucht. Es ist Abend und ich laufe durch meine Heimatstadt Bad Ischl. Ich merke, dass ich schon wieder zu viel denke. Denken ist nicht gesund, Denken macht krank, ich wünschte, ich würde nicht andauernd über diese Welt nachdenken. Mein Onkel feiert heute seinen 40. Geburtstag in einem Lokal in der Innenstadt. Und ich bin spät dran. Die Sterne funkeln mich bereits antreibend an. Meine Eltern sind mit meiner siebenjährigen Schwester Mirjam schon vorausgegangen, denn sie wollten nicht auf mich warten. Normalerweise bin ich ja diejenige, die auf alle warten muss, doch wenn ich selbst einmal ein bisschen trödele, ist das unverzeihlich. Deshalb muss ich mich jetzt allein beeilen. Ich eile an den eleganten Häusern vorbei, sauge die eisige Luft in meine Lunge und ziehe dann die große Glastür des Lokals auf. Leicht angespannt trete ich in den mit orangefarbigem Licht durchfluteten Raum. Leise Musik schwirrt durch die Luft und ich sehe schon alle an einem langen Tisch sitzen. Mit einem breiten Lächeln begrüße ich sie, zuerst natürlich meinen Onkel. Dann setze ich mich zu meinen Eltern und zu Mirjam und bleibe weiter unscheinbar. Ich komme, man sieht mich, erkennt mich, vergisst mich. Wir essen, wir trinken, sind fröhlich und lustig. Heimlich beobachte ich meinen Onkel und seine Freunde, wie sie wieder über Politik diskutieren und glauben, sie könnten dadurch irgendetwas Wichtiges, Weltbewegendes erreichen. Mirjam beginnt an meinem Arm zu ziehen und will etwas mit mir spielen, doch ich schicke sie weg, meine, sie soll mit den anderen Kindern spielen, was sie danach auch macht. Ich beobachte weiter. Plötzlich setzt sich die Frau meines Onkels zu mir. Ich mag sie sehr und freue mich, sie redet mit mir und mit ihrer Schwester und irgendwie baue ich mich mit ein. Doch dann kommt die berühmte Frage, die wohl jeder Schüler einer Oberstufe kennt. Wie sehr ich diese Frage hasse.

„Weißt du eigentlich schon, was du nach der Schule machen willst?"

Ich lächle mein verzweifeltes Lächeln und schüttle den Kopf.

„Überhaupt keine Idee?", bohrt sie weiter nach.

„Nein, nicht wirklich. Ich bin ziemlich unentschlossen. Es gibt viele Sachen, die mich interessieren, aber nichts, was ich für immer machen will", antworte ich wahrheitsgemäß, aber nicht zu 100 Prozent ehrlich.

Natürlich denkt ein Schüler viel darüber nach, wohin der Weg gehen soll. Aber sich auf einen Weg fixieren, das ist doch unmöglich. Wie sehr ich es hasse, darüber zu diskutieren! Was willst du werden, was willst du machen? Ich habe keinen blassen Schimmer, was die Zukunft bringt. Was ich heute will und was ich morgen will, das sind doch zwei Paar Schuhe. Oft beneide ich die, die von klein auf wissen, dass sie Rechtsanwalt oder Arzt werden möchten. Ein solider anerkannter Beruf, das wünscht sich jeder für sein Kind. Da weiß man, was man studieren will. Doch dann beneide ich sie auch wieder nicht, denn wenn du merkst, dass die Realität doch kein Traum und der Beruf nichts für dich ist, dann kann deine ganze Zukunftsplanung innerhalb eines Tages einstürzen – bloß die Trümmer eines Trugbildes bleiben zurück. Das Einzige, was ich weiß, ist, dass mein Herz für Literatur brennt. Für das Spiel mit den Worten, für die alte Ausdrucksweise und die vielen Geschichten. Im Moment. Gerade jetzt, ob morgen auch noch, das steht in den Sternen. Ich entdecke Goethe, Schiller, Brecht und Hesse und Hunderte andere und bade in ihren Worten, stelle mir ihre Weltsicht und ihre Erlebnisse vor, in einer vergangenen Zeit. Stürze mich in Bücher, deren Zeilen meine Seele heilen und bin so unendlich gerührt von dieser Kraft, die Worte ausstrahlen können, wenn man weiß, wie man sie richtig platziert. Doch was fängt man mit dieser Leidenschaft an? Kann ich ernsthaft sagen: „Leute, vielleicht studiere ich Literatur, vielleicht verlieb ich mich in Goethe!"

Ich sehe schon die entsetzten Gesichter, das verwunderte Kopfschütteln, das Kräuseln der Lippen der Leute. Literatur? Was soll man damit „werden"? Das ist eine brotlose Kunst! Nein danke, ich erspare mir diese verletzenden Blicke, warte erst einmal die Entwicklung meiner Hirngespinste ab und sage einfach: „Keine Ahnung, was aus meinem Leben werden soll." Schließlich ist es nicht gelogen. Denn ich weiß ja selbst nicht, was man damit werden kann. Ist doch eigentlich auch völlig egal. Ich möchte keinen Plan haben und wissen, wie mein Leben ablaufen soll. Möglichst schön will ich es haben. Doch wenn man sich einen Plan macht, ist das nicht garantiert. Pläne sind sowieso krampfhafte

Anklammerungen an Träume. Pläne sind leicht zu durchkreuzen und haben ein Ablaufdatum, man weiß bloß nicht, wann es soweit ist. Lieber habe ich keinen Plan und schwimme einfach im Strom meines Schicksals. Dann werde ich auch nicht enttäuscht von unerfüllbaren Wünschen. Ich will im Hier und Jetzt leben und mich nicht mit meiner Zukunft quälen. Sie macht mich nervös, sie macht mir Angst, obwohl es doch nur besser werden kann. Besser als jetzt, besser als Schule, besser als ein Leben, das ohne mich stattfindet. Darum lächle ich meine Tante und ihre Schwester an, nippe an meinem Weißwein und sage, dass ich es noch nicht weiß. Und das Thema ist für mich erledigt. Redet nicht weiter auf mich ein, fragt mich etwas anderes, macht mir bitte einfach keine Angst.

Antonio

24. Dezember 2019

Heiligabend. Und ich bin wieder in Bergamo, bei meiner Familie. Der letzte Besuch hat mich aufgebaut und ich war in ihrer Gemeinschaft wider erwarten ein Stück weit entspannter als zuvor. Auch wenn sie fragten, nach allem fragten, mich mit Fragen bombardierten, lenkte ich unbeholfen ab und blühte nach einer Weile sogar auf. Wie eine Frühlingsblume. Fühlte mich plötzlich wohl, bei meinem Ursprung, bei meinen Wurzeln. Nun sitzen wir an diesem edlen Mahagonitisch, den meine Mutter vor kurzem besorgt hat. Sie hielt den alten, abgewetzten Tisch nicht länger aus und wollte endlich eine Spur Eleganz ins Haus bringen. In der Wohnzimmerecke steht der Christbaum, in voller Pracht mit rot-goldenen Kugeln und echten Kerzen, denn meiner Mutter kommen keine unromantischen, elektrischen Kerzen ins Haus. Die kleinen Flammen tauchen unsere Gesichter in warmes Licht und lassen manch verhärtete Züge ganz weich wirken. Wir essen Salat mit Tomaten und Oliven, danach wird der Wolfsbarsch hereingebracht. Wir sind fast in kindlicher Stimmung, wie früher, als alles gut war. Giorgio und seine Frau, Mama und Papa und ich mit mir allein. Das ist auch oft ein Thema. Meine Mutter will endlich wieder eine Hochzeit in der Familie erleben und mein Vater meckert, dass sie keine Hoffnungen in mich setzen soll, denn das stünde in weiter Ferne. Ich könne ja doch keine Frau halten. Viel zu sensibel, der Junge. Nun ja, zumindest heute werde ich von diesen Sticheleien verschont. Wir sind in Weihnachtsstimmung, sind fröhlich, sind andächtig, fast schon glücklich. Ein seltsames Gefühl. Ich wünschte, es würde nicht so flüchtig sein. Bleib doch noch, bleib! Geh nicht, hör ich mich schon rufen in ein paar Stunden, wenn ich gesegnet bin, vielleicht erst morgen oder übermorgen.

Plötzlich, wie aus dem Nichts, springt meine Mutter auf und zeigt auf die große Pendeluhr, die sich neben dem Christbaum befindet. „Um Gottes willen! Wir haben beinahe die Zeit übersehen, es ist schon fast 22 Uhr, die Christmette beginnt gleich!" Sie sprintet aus dem Wohnzimmer in das Vorzimmer. Ich muss ein leises Lachen unterdrücken, während ich ihr nachschaue. Wenn sie durch das Haus wuselt und ihr kurviger Körper auf einmal ungewöhnlich hektisch bebt, muss man einfach grinsen.

„Wäre wohl zu schön gewesen, wenn wir die Zeit übersehen hätten", nuschelt Giorgio in sich hinein.

Seine Frau stößt ihn empört in die Seite. Die Kirche ist schließlich heilig.

„Kommt, lasst uns gehen! Wir wollen ihr doch keine Schande bescheren, zum Schluss muss sie während der Mette durch die ganze Kirche laufen, um einen Platz zu bekommen", sagt mein Vater lächelnd und steht auf.

Die Messe ist vorbei, wir gehen wieder heim. Das Glücksgefühl ist immer noch da, auch wenn langsam die Gedanken wiederkommen. Es ist kalt und stockdunkel, nur die Straßenlaternen tauchen unsere Gestalten in ein warmes, orangenfarbiges Licht. Wir huschen durch die hübschen Gassen bis zu unserem Haus. Die Messe war etwas Magisches, meine Mutter schwärmt jedes Jahr zu Weihnachten und zu Ostern von der Messe. So magisch. So überwältigend. Die Orgel, der Chor, die Lichter, die Gemeinschaft. Aber ich gebe zu, es ist jedes Jahr aufs Neue wunderschön, auch wenn es banal scheint. Wir tuscheln über weiße Weihnachten und dass es schon so weit in der Vergangenheit liegt. Die Hoffnung, dass es vielleicht nächstes Jahr klappen könnte, ist naiv. Der Gedanke daran ist unwirklich, kitschig. Weiße Ostern scheinen wahrscheinlicher. Giorgio und seine Frau haben dieses kecke, verliebte Grinsen im Gesicht, und meine Eltern das warmherzige, vertraute Lächeln. Ich schleiche neben ihnen her. Ich bin immer dabei und doch bin ich es nicht. Mein Vater öffnet die Tür und wir treten in das Haus. Giorgio und seine Frau verabschieden sich und huschen eilig in den ersten Stock, wo sie wohnen. Morgen früh werden wir sie wiedersehen, wenn die Geschenke überreicht werden. Mein Vater klopft mir auf die Schulter und meint: „Komm, Sohn! Wir trinken noch eine Glas Wein. Du hast doch bestimmt nichts vor."

Wie recht er hat. Ich nicke, lege meine Jacke ab und folge ihm. Wir setzen uns an den Mahagonitisch und betrachten schweigend den Christbaum. Giorgio kann immer reden, redet mit unserem Vater über alles und jeden und mir fallen nie sinnvolle Worte ein. Doch zum Glück kommen die Schritte meiner Mutter näher. Sie eilt mit der Weinflasche und den Weingläsern herein und redet schon vor sich hin. Sie setzt sich neben uns, schenkt uns ein. Ich spüre eine leichte Anspannung, höre das nervöse Gefasel, als wollten sie mit mir über ein unangenehmes Thema reden, sich aber nicht trauen.

„Was ist los?", frage ich.

„Ach, Antonio! Ich weiß nicht, wie ich es dir sagen soll. Eigentlich will ich es gar nicht ansprechen, aber es ist so belastend", fängt meine Mutter bedrückt zu sprechen an.

Ich befürchte, es hat mit mir zu tun. Vielleicht will sie meinen Zustand ansprechen. Vielleicht haben sie gemerkt, dass ich anders bin, ruhig und traurig. Gott im Himmel, was soll ich ihnen sagen? Ich weiß doch selbst nicht, was los ist mit mir. Vielleicht sprechen sie mich auf meinen Job an, dass womöglich alles zu viel ist, dass ich kein „geborener" Arzt bin. Viel zu sensibel, der Junge! Oder sie werfen mir vor, mich um die Flüchtlinge gekümmert zu haben, dass sie schuld an meinem Zustand seien, dass ich mir das nie hätte antun dürfen. Das könne doch kein normaler Mensch mitansehen, diese verlorenen Seelen. Damit sollten wir nicht in Berührung kommen, das tut uns doch nur weh, höre ich meine Mutter schon vorsichtig flüstern. Ich rutsche verlegen auf meinem Stuhl umher, trinke aus meinem Weinglas besonders lange und mit winzigen Schlucken. Wie ein kleiner Junge fühle ich mich ertappt.

„Antonio, ich weiß, es ist ein unpassender Moment, es anzusprechen. Heute ist schließlich Heiligabend, aber morgen am Abend willst du ja wieder nach Rom fahren."

„Ich will nicht, Mama. Ich muss. Übermorgen habe ich schon wieder Dienst!"

„Ja, ja, ich weiß doch! Aber es ist wichtig!"

„Was denn?" Ich werde ungeduldig.

„Also, ich arbeite viel in meinem Modegeschäft. Du weißt doch, Kleider schneidern, Kleider schneidern lassen und natürlich auch verkaufen", fängt sie an.

„Natürlich weiß ich das, das machst du schließlich schon dein ganzes Leben!", lache ich ein wenig verwirrt.

„Genau. Und du weißt doch, dass in der alten, riesigen Fabrikhalle in der Nähe jetzt wieder gearbeitet wird. Für irgendein bekanntes Modelabel. Armani, Gucci oder Chanel oder so. Ist ja auch egal, die sind ja alle gleich." „Mama? Auf was willst du hinaus? Komm zum Punkt!"

Ich werde ungeduldig, was will sie bloß?

Sie beginnt zu stottern: „Na ja, also ich bin ja nicht so begeistert von diesen Marken und wie du weißt, finde ich Mode von kleinen Boutiquen viel besser und deshalb bin ich dort vor kurzem hingegangen und habe mich ein bisschen umgesehen."

Ich greife mir auf die Stirn und verdrehe die Augen: „Mama! Warum? Wozu?"

„Nur um zu schauen! Auf jeden Fall habe ich in die Fabrikhalle hineingeguckt. Es war furchtbar!"

Mein Vater schenkt sich mehr Wein ein und übernimmt das Wort: „In der Halle arbeiten ganz viele Chinesen. Allesamt verdreckt und ausgemergelt. Ganz bestimmt alles Schwarzarbeiter, denn sie leben dort richtig versteckt. Wie die Hunde!"

„Ja! Es ist schrecklich! Sie schlafen dort auf schmutzigen Matratzen, sind völlig verwahrlost. Die Frauen bekommen sogar zwischen den Nähmaschinen ihre Kinder! Und bezahlt werden sie wahrscheinlich nur mit einem Hungerlohn!"

Sie wird ganz emotional, greift sich an die Stirn und schaut in die Ferne. Damit hätte ich nicht gerechnet. Ich werde nachdenklich, doch ich weiß nicht, was ich denken soll. Natürlich tun mir diese Menschen leid, doch was soll ich dagegen tun? Dass die Welt ein grausamer Ort ist, das kann ihnen doch nichts Neues sein. Das

Leid der anderen sehen meine Eltern, meines jedoch nicht. Überwältigt lehne ich mich an meinen Sessel und blicke zwischen ihnen hin und her. Wie Detektive fühlen sie sich. Ich sehe es an dem Funkeln in ihren Augen. Der Christbaum glänzt, der Mahagonitisch verleiht dem Haus tatsächlich eine ungewohnte Eleganz, die Pendeluhr läutet ein paar Mal und der Wein hat uns erwärmt.

„Habt ihr es Giorgio erzählt?", frage ich.

„Nein, was soll er denn dagegen tun?", antwortet meine Mutter mit einer wegwischenden Handbewegung.

„Aha. Und mir erzählt ihr es? Was soll ich denn dagegen tun?" Ich bin verwirrt. Was erwarten sie von mir?

„Ich weiß nicht, du bist doch Arzt, du kannst sie dir doch einmal anschauen. Außerdem kennst du dich doch mit Flüchtlingen aus!"

„Das ist doch etwas anderes! Ich werde sie mir sicher nicht anschauen! Ich habe schon genug verzweifelte Menschen gesehen!", beginne ich plötzlich laut zu werden. Ich erschrecke vor diesem ungewohnten Ton.

„Übrigens", hole ich erneut aus, „chinesische Arbeiter in der Textilindustrie sind in Italien keine Seltenheit! Ich sag nur *Pronto Moda*! In Prato arbeiten schon seit Jahren Tausende chinesische Migranten in der Textilindustrie. Und in manchen Städten, ja, da sind auch Schwarzarbeiter. Das kann euch doch nicht ernsthaft schockieren! Chinesen sind billig!" Ich schreie schon fast.

Wahrscheinlich will ich es wegschreien. Diese grauenhafte Wahrheit, diese Ausbeutung der Schwachen. Warum erzählen sie mir davon, warum quälen sie mich mit der Ungerechtigkeit der Welt? Ich habe bereits erfolglos versucht, dieser Ungerechtigkeit entgegenzuwirken. Jetzt will ich sie nur noch verdrängen. Doch es sei mir nicht vergönnt.

„Es tut uns leid, Antonio! Wir haben es nur gut gemeint. Wir dachten, du willst helfen. Wir dachten, du bist damit vertraut, und dass du die Erfahrung und Kraft hast, dich für diese Menschen einzusetzen", redet mein Vater plötzlich ruhig auf mich ein.

Doch jetzt ist es zu spät. Meine innere Ruhe ist längst vernichtet. Ich springe auf und der Sessel fällt mit einem Scheppern zu Boden. Wie können sie es wagen zu denken, dass ich für irgendetwas noch Kraft hätte?

„Erzählt es doch einfach dem Bürgermeister, der soll sich darum kümmern! Oder ruft die Polizei! Aber lasst mich damit in Ruhe!", schreie ich ihnen ins Gesicht.

Schon lange war ich nicht mehr so aufgebracht, schon lange habe ich mir den Schmerz nicht vom Leib geschrien. Sie wollen doch gar nicht helfen. Sie wollen einfach keine Schwarzarbeiter, keine Fremden. Wenn sie Menschen helfen wollen würden, wenn ihnen etwas an Menschenleben läge, würden sie sich doch auch um die Flüchtlinge scheren. Dann sähen sie das Leid, das um sie herum geschieht. Würden sie mir dann nicht auch helfen wollen? Ich renne aus dem Wohnzimmer, schlage die Türen hinter mir zu und verschwinde in meinem Zimmer. Wie ein bockiges Kind. Lasse die beiden am Tisch sitzen, nur ein Gefühl von Wut und Ratlosigkeit bleibt zurück. Das weihnachtliche Glücksgefühl ist verpufft, schneller als gedacht. Ich werfe mich auf mein Bett und starre leer an die Decke, spüre das Leid, von dem ich nie erfahren wollte. Mein Herz schnürt sich gefährlich eng zusammen, der Druck auf der Brust wird immer intensiver. Meine Eltern, meine geliebten Eltern, sehen sie mich überhaupt noch? Sehen sie, wer ich bin und was ich brauche? Sie sollten mich beschützen und nicht an die Front schicken.

Ling

3. Januar 2020

Heute ist ein seltsamer Tag. Als ich aufgewacht bin, fühlte ich schon diese Bedrücktheit, diese Unruhe, die der ganze Tag verhieß. Ich hasse diesen Tag jetzt schon. Das fahle Licht versucht sich seinen Weg in unsere winzige Wohnung zu bahnen, aber es scheint ihm nicht zu gelingen, es scheint, als würden die Fensterscheiben alles dafür tun, die Lichtstrahlen nicht hineinzulassen, sie zu verschlucken. Es ist nicht nur furchtbar eng, jetzt ist es auch noch furchtbar dunkel. Ich schleiche in die Küche und ziehe die Kühlschranktür auf. Das, was mir in die Hände fällt, nehme ich heraus und lege es auf den Tisch. Mir ist völlig gleichgültig, was ich esse, ich schmecke sowieso nichts, ich esse bloß, um am Leben zu bleiben. Ich achte nur darauf, was Maja schmeckt und lege es zu den anderen Lebensmitteln dazu. Als ich mich umdrehe, sitzt Maja plötzlich schon am Tisch. Lautlos, wie ein Geist, muss sie geschwebt sein. Ihre langen dünnen Beine und Arme hängen schlaff und ohne Kraft von ihrem Körper. Ihre Hautfarbe ist schneeweiß und ihr Gesicht spitz, fast schon knochig. Eigentlich hatte sie wegen der Chemotherapie ihre kinnlangen, schwarzen Haare verloren, doch sie ist eitel und so kauften wir ihr eine lange, dunkelbraune Echthaarperücke. Sie wollte schon immer lange Haare haben. Kaum ist sie aus dem Bett, setzt sie die Perücke auf. Sie sagt, sie kann sich nicht mit Glatze sehen. Ich setze mich zu ihr und wir essen schweigend. Xiaolong ist vorgestern in den frühen Morgenstunden aus dem Haus gegangen und nach Wuhan gefahren, wo sein Zwillingsbruder lebt. Zwölf Stunden Autofahrt braucht man nach Wuhan. Hin und wieder besucht er ihn für ein paar Tage. Dann gehen sie gemeinsam zu dem Markt und genießen die chinesische Kultur. Ich mag diese Märkt nicht, Xiaolong liebt sie. Ich gehe nie mit ihm mit und deshalb geht er allein oder mit seinem Bruder. Sich durch diese

Menschenmengen schlängeln, hin zu den verschmutzten Ständen, bei denen Tausende lebendige Tiere in Käfige gequetscht sind, gibt mir nichts. Alle bezeichnen das als „seltsam", dass ich nicht viel davon halte und schütteln den Kopf dazu. Fast jeder, den ich kenne, ist von diesen Märkten begeistert. Von Fröschen, Hunden und Katzen bis hin zu Fledermäusen, Affen und Tigerbabys sind dort alle Tiere an die Stände angebunden oder in Stahlgitterkäfigen zusammengepfercht. Sie stehen alle in ihrem eigenen Dreck. Man kann von Stand zu Stand schlendern und sich Tiere kaufen, wenn man will. Dann beißt man Fröschen oder Mäusen den Kopf oder die Glieder ab oder schluckt sie gleich bei lebendigem Leib hinunter. Doch auch Hunde, Katzen oder Tiger werden vor Ort, vor den Augen aller geschlachtet und gegessen. Ein Blutbad, ein Geschrei, ein Fest. Kultur. Ich kann darauf verzichten, Xiaolong aber nicht. Deshalb fährt er regelmäßig nach Wuhan zu seinem Bruder, um das zu erleben, was er für sein Wohlbefinden braucht, was er mit mir nicht erleben kann. Während er heute seinen Tag auf diesem Markt verbringt, werde ich mit Maja wieder ins Krankenhaus fahren. Sie braucht eine neue Infusion. Vorsichtig, als könnte ich ihre Haut zerreißen, berühre ich sie am Arm.

„Wie geht's dir heute, Maja?", frage ich besorgt.

„Gut. Alles gut." Sie hebt lächelnd den Kopf und fügt hinzu: „Aber wahrscheinlich nicht mehr lange."

Wie wahr! Diese Infusionen sind ein Graus und sie ist so tapfer. Ich bete jeden Tag, dass ihre Tapferkeit belohnt wird, dass sie die Leukämie bald besiegen wird. Sie ist doch noch so jung, erst zwölf. Ihr Körper will sich doch erst vom Kind zur Frau entwickeln. Sie kann doch jetzt nicht einfach sterben. Sie wird auch nicht sterben, sie wird es schaffen. Es kann gar nicht anders sein, es muss einfach alles gut werden. Wir ziehen uns an und verlassen die Wohnung. Wir gehen durch die Stadt und zur U-Bahn. Aber nur sehr langsam, denn Maja kann nur ganz langsam gehen, ohne völlig außer Atem zu kommen. Wir schleichen fast dahin. Es dauert eine Ewigkeit, bis wir endlich den Krankenhausflügel betreten. Die Halle ist grauenhaft hell und das gesamte Gebäude riecht, als wäre es in Desinfektionsmittel getränkt. Alles ist sauber, komplett steril, nur man selbst ist der Dreck. Mein Kind redet kein Wort. Was sollte sie denn auch groß bereden wollen? Und ich schweige uns tot. Welche Worte könnten uns jetzt noch retten? Die Ärzte dieser Station kennen uns bereits und führen uns auf ein Zimmer. Auch sie sagen nichts, deuten nur auf das Bett und holen die Infusion. Heute haben wir ein Einzelzimmer bekommen. Es riecht genauso wie der Rest der Klinik und ist panikmachend eng. Es erinnert mich an zu Hause. Nur dass das Zimmer hier von Licht durchflutet ist. Doch nicht von warmem Licht, in dem man Sonnenbaden möchte, nein, ein grelles Licht, das dir die Sehnerven zersticht. Ich sitze bei Maja und halte ihre Hand, schaue zu, wie die Flüssigkeit der Infusion in ihre Adern tropft. Ein Tropfen, dann der nächste und wieder der nächste. Jeder Tropfen scheint ein Schlag zu sein. Ein Schlag, der dich gesund schlagen soll. Bizarr. Wir warten und warten. Es dauert und dauert. Doch dann färbt sich ihr Gesicht schon grün und gelb. Sie schwitzt und dreht sich gequält von einer Seite zur anderen, bis sie es aufgibt und einfach nur mit leerem Blick an die Decke starrt. Doch auch das ist nicht lange zu ertragen. Ohne ein Wort steht sie auf, fährt mit der Infusion in das Badezimmer des Raumes. Ich höre, wie sie sich mühsam – wie eine alte, gebrechliche Frau – niederkniet und über die Kloschüssel beugt. Dann kotzt sie sich die Seele aus dem Leib. Langsam stehe ich auf und folge ihr ins Bad, knie mich neben sie und nehme ihr die Perücke vom Kopf. Die braucht sie jetzt nicht, die kann jetzt auch nichts mehr verstecken. Ich stopfe sie in meine Tasche und streiche Maja über den Rücken, halte sie im Arm, bis es vorbei ist. Doch dieses Mal dauert es länger. Sie erbricht und erbricht und hört nicht mehr auf. Sie kotzt sich beinahe leer. Heut ist kein guter Tag. Die Tränen rollen ihr stumm über die Wangen und ich weine mit ihr. Leise, in meinem Inneren. Als alles langsam zu einem Ende kommt, gehen wir wieder zum Bett. Langsam, ganz vorsichtig. Jede Bewegung scheint ein Messerstich zu sein. Sie legt sich hin und schläft ein. Vor Erschöpfung. Nach einiger Zeit kommt eine Ärztin hinein, lächelt milde und dreht an der Infusion.

„Wenn sie aufwacht, können Sie wieder nach Hause gehen. Sie wissen ja, wann die nächste Untersuchung stattfindet", sagt sie leise zu mir.

„Ja. Danke."

Und dann geht sie wieder. Mein Blick ruht weiter auf dem Kind. So viele Träume hat sie, so viel kann sie erreichen. Wenn sie doch bloß überlebt. Auf einmal wird mir bewusst, was ich da schon wieder denke und ich beginne mich zu schütteln, schüttle die Gedanken weg. Natürlich wird sie überleben!

Als ich in ihrem Alter war und weit darüber hinaus, hatte ich nur einen Traum: Den Hof und die Plantage meiner Eltern zu übernehmen. Ich komme nicht aus Peking, ich bin vom Land. Mein Ziel war es immer, dort zu bleiben und das zu machen, was mich erfüllt, was mir Freude bereitet: Pfirsichbäume anpflanzen und großziehen. Die Pfirsichplantage hegen und pflegen und die Pfirsiche ernten und verkaufen. Wie meine Eltern es tun. Doch dieser Traum zerplatzte, denn Xiaolong kreuzte meinen Weg. Es war auch höchste Zeit. Ich war bereits achtundzwanzig Jahre alt, galt schon als Restposten. Mit fünfundzwanzig Jahren ist eine Frau in China alt und fast schon unbrauchbar. Das Ziel jeder jungen Frau ist es, bis dahin verheiratet zu sein. Manche bekommen mit zwanzig Jahren schon Panik, finden sich zu alt und glauben, sich mit Schönheitsoperationen attraktiver machen zu können. Meine Eltern schüttelten nur den Kopf über mich und machten sich Sorgen, dass mich keiner mehr mit meinen achtundzwanzig Jahren wolle. Es war pure Schande, die ich in ihr Haus brachte. Ständig musste ich mir anhören, dass ich mich endlich bemühen sollte, einen Mann zu finden, der mir etwas bieten könne, der eine pompöse Hochzeit wolle und mich mitsamt dem zukünftigen Kind versorgen werde. Da kam Xiaolong gerade recht. Rettung in letzter Sekunde. Ich verliebte mich so unglaublich in ihn, dass mir ständig schwindlig war vor Glück. Ich liebte seinen Sinn für Gerechtigkeit und Recht, sein Funkeln in den Augen, sein Lächeln, wenn man ihn endlich einmal zum Lachen bringen konnte. Einfach alles. Doch es wurde schnell klar, dass er nichts vom Landleben hält und ein Stadtmensch ist. Ich wollte ihm überallhin folgen und so ging ich mit ihm nach Peking und ließ meinen Traum sterben. Auch weil man das von mir erwartete, nach meiner langen Suche. Jetzt weiß ich nicht, wofür sich das gelohnt hat. Xiaolong hat nur noch Sinn für Recht und das hat nichts mit Gerechtigkeit zu tun, seine Augen scheinen tot und gelacht hat er seit Jahren nicht mehr. Eigentlich will ich nur zu meinen Pfirsichen. Zusammen mit Maja. Sie würde zwischen den Bäumen laufen und lachen und Pfirsiche klauen. Wenn sie gesund ist, besuchen wir meine Eltern und vielleicht können wir auch länger bei ihnen bleiben, bis wir nach Shanghai ziehen.

Als sie langsam wieder aufwacht und ihre Augen öffnet, lächle ich sie an.

„Weißt du, Maja, als ich so alt war wie du, stellte ich mir vor, dass ich später einmal die Pfirsichplantage meiner Eltern übernehmen werde. Ich sah mich zwischen den Bäumen umhergehen und die Berge betrachten, in aller Stille. Jetzt bin ich hier im lauten Peking und sitze in einem Büro mit tausend anderen Leuten."

„Was willst du mir damit sagen?", röchelt sie leise und schaut mich erwartungsvoll an.

„Wenn du wieder gesund bist, musst du deinen Träumen hinterherjagen und sie nicht aufgeben, hörst du?" Ich klopfe ihr auf die zarte Hand.

„Das ist mein Plan!" Sie lächelt schwach, dann holt sie nochmals aus: „Ich weiß doch, dass du viel lieber bei deinen Pfirsichen wärst als hier in Peking, du schwärmst die ganze Zeit davon. Vielleicht sollten wir nicht nach Shanghai ziehen, sondern zu Oma und Opa. Mir gefällt es dort doch auch! Dann kannst du deinem Traum auch wieder hinterherjagen."

Ich schaue sie verwundert an. Für einen kurzen Moment fühle ich Hoffnung in mir aufsteigen. Ein Leben bei den Pfirsichen zusammen mit Maja: Das ist mein Traum und sie träumt auch davon. Aber dann falle ich wieder auf den harten Boden der Realität. Xiaolong würde bei diesem Vorhaben niemals mitmachen.

„Dafür ist es jetzt zu spät", sage ich, „außerdem brauchst du medizinische Versorgung und die bekommst du eben nur in der Stadt."

Sie nickt verständnisvoll. Dann steht sie auf und wir verlassen das Krankenhaus wieder. Ich rufe uns ein Taxi, das uns nach Hause bringt. Wir reden nicht mehr davon, doch ich kann beinahe hören, wie wir beide darüber nachdenken.

Es ist später Abend und Maja schläft schon. Ich sitze vor dem Fernseher und sehe irgendeine seltsame Show. Ich schalte auf ein anderes Fernsehprogramm und sehe einen Bericht über Wuhan. Ein Sprecher erzählt, dass hier ein neuartiger Virus ausgebrochen ist. Es seien schon einige Leute damit infiziert worden und auch gestorben, aber es gäbe keinen Grund zur Sorge. Ein Arzt hätte auch schon davor gewarnt. Es soll aber eine Falschmeldung gewesen sein. Ich bin trotzdem beunruhigt und denke an Xiaolong. Ganz hervorragend. Er treibt sich irgendwo in Wuhan herum und schleppt das Virus womöglich noch mit nach Hause. Das können wir jetzt gerade noch gebrauchen. Soll er doch gleich dortbleiben. In diesem Moment höre ich einen Schlüssel in der Tür drehen. Die Tür springt auf und Xiaolong tritt herein. Seine alleinige Anwesenheit löst urplötzlich eine Bedrücktheit in mir aus. Ein Gefühl von Abstoßung – ich mag seine Aura einfach nicht mehr.

„Hallo! Wie war die lange Autofahrt?", rufe ich ihm zu und versuche diese Gefühle zu ignorieren, zu unterdrücken.

„Hallo! Ganz gut, ganz gut!" Er zieht sich aus und kommt zu mir herüber.

Er gibt mir einen Kuss auf den Kopf und legt sich zu mir. Ich fühle mich unwohl.

„Hast du von dem Virus in Wuhan gehört?", frage ich ihn.

„Ja, mein Bruder hat mir davon erzählt. Aber es soll halb so schlimm sein. Es übertreiben alle ein bisschen. Es ist bloß eine Art Lungenentzündung und kann gar nicht von Mensch zu Mensch übertragen werden! Die Regierung hat alles im Griff!"

„Na gut. Hauptsache du hast dich nicht angesteckt", antworte ich keck und überspiele weiter diese komischen Gefühle.

„Aber nein! Doch leider haben sie die Märkte in Wuhan wegen des Virus seit vorgestern geschlossen. Übertrieben!" Er blickte kurz ins Leere.

Plötzlich nimmt er die Fernbedienung und schaltet ab. Er sieht mich erwartungsvoll an. In seinen Augen sehe ich ein begieriges Funkeln. Es ist beunruhigend, es ist nicht liebevoll, es macht mir ein bisschen Angst. Ich drehe mich ein Stück von ihm weg und versuche es zu ignorieren. Er beginnt von dem Markt zu erzählen, der leider geschlossen war und wird ganz unruhig. Immer wenn er auf so einem Markt war oder davon berichtet, ist er ganz aufgedreht. Voller Adrenalin. Es ekelt mich an. Plötzlich zieht er an mir, beugt sich auf mich. Sein warmer Atem bläst auf meine Haut. Mir ist, als könnte ich frisches Tierblut an seinen Lippen riechen, obwohl doch der Markt geschlossen war. Er beginnt mich am Ohr und am Hals zu beißen und drückt mich unter sich nieder.

„Ey, hör auf damit!" Ich versuche mich aus seinem Griff zu befreien. Darauf habe ich gerade überhaupt keine Lust. Doch er macht weiter und zieht an meiner Kleidung.

„Sei doch nicht so bockig!", flüstert er.

Ich stoße ihn kraftvoll weg und stehe auf, gehe ohne ein Wort weg. Er atmet genervt aus und folgt mir.

„Ling, bleib da!"

Ich begebe mich in unser Schlafzimmer und sage, dass ich müde sei. Trotzig lege ich mich ins Bett und schließe meine Augen. Xiaolong bleibt vor dem Bett stehen und mustert mich. Dann legt er sich neben mich und sagt: „Du bist so anders! Liegt es an Maja? Machst du dir Sorgen?"

Ich drehe mich nicht zu ihm und antworte bewegungslos: „Nein. Wenn du es bemerkt hast, ich bin seit acht Jahren anders. Seit Mulan. Wie du übrigens! Du bist auch völlig anders geworden!"

„Hör doch auf mit Mulan! Mulan hat es nie gegeben, hörst du? Wann begreifst du das endlich?" Er wird zornig. Er wird immer zornig bei diesem Namen.

Ich schnaufe verächtlich und schließe wieder meine Augen. Doch ich spüre, wie sehr ihn dieser Name aufregt. Seine Muskeln sind angespannt und seine Finger beginnen nervös zu zucken. Plötzlich packt er mich grob und zieht mich zu sich.

„Aua! Bist du wahnsinnig?", fauche ich ihn an.

Er antwortet nicht. Sein Gesicht ist angespannt, er beißt seine Zähne krampfhaft zusammen. Die Wut strömt durch seinen ganzen Körper und seine Augen blitzen mich gefährlich an. Er setzt sich auf mich, so dass ich mich nicht mehr wegdrehen kann. Er reißt seine Hose hinunter und zieht mir gewaltvoll meinen Pyjama vom Leib. Seine Finger rammen sich in meine Haut. Verzweifelt versuche ich mich zu wehren, schlage ihm gegen die Brust und in das Gesicht. So weit ist es also schon gekommen. Er ist dem Wahnsinn verfallen, er ist ein Gestörter. Es ist sinnlos, er ist viel stärker als ich. Xiaolong hält meine Arme fest und atmet laut. Voller Wut, voller Begierde, voller Macht. Und ich gebe auf, lasse es über mich ergehen.

Jack

Ich sitze am Tresen der Bar meines alten Freundes Jeff und trinke Whiskey, während er vor meiner Nase Gläser poliert. Es ist Nachmittag und es sind noch nicht viele Gäste hier. Ich habe mein schmutziges, kariertes Hemd an, meine alten Jeans, die Stiefel und den Hut. An der Wand hängen ein Stierkopf und Bilder von Rodeofesten. Wie sehr ich die gute Vergangenheit vermisse. Ich nippe an meinem Whiskey.

„Denkst du schon wieder an damals, Jack?", fragt Jeff, während er weiter poliert.

Mein Blick dreht sich von den Bildern zu ihm.

„Mhm."

„Du musst aufhören damit! Weder kommt dadurch Sarah zurück noch deine Jugend", redet er weiter auf mich ein.

„Ja, ja!"

„Ernsthaft, Jack. Du wirst dadurch nur noch älter und verbitterter, als du es ohnehin schon bist, und deine Söhne vertreibst du auch noch!"

„Die sind schon fort."

Er nickt und nimmt die nächsten Gläser in die Hand.

Ich betrachte wieder die Bilder. Auf drei von ihnen bin ich zu sehen, auf einem auch Sarah. Mit Anfang Zwanzig waren wir bekannte Rodeoreiter. Ich hatte es auf der Farm von meinem Vater gelernt, denn man brauchte es hin und wieder, um kleine, freche Kälber einzufangen. Sarah hatte auch in ihrer Jugend damit begonnen. Auf der Farm ihrer Kindergartenfreundin packte sie die Begeisterung für das schnelle Reiten und für das „Kälber mit Lassos einfangen", so dass die Eltern ihrer Freundin ihr zuerst Westernreiten und danach auch Rodeo beibrachten. Sie war talentiert. Ich auch. So lernten wir uns auf einem Rodeo-Wettbewerb kennen. Wir verliebten uns, wir heirateten, sie zog zu mir auf die

Farm, wir bekamen drei Söhne, gewannen Rodeo-Wettbewerbe und waren glücklich. Mit den Pferden, Rindern und Kindern. Sie war keine typische Farmerin. Sie hatte lange blonde Haare, war herzlich und entspannt, wollte immer im Mittelpunkt stehen. Sie war eitel, fast edel, und trotzdem liebte sie das Leben hier. Sie blieb immer sie selbst und passte sich trotzdem an. Sie arbeitete hart, packte überall mit an und gleichzeitig führte sie jede Bewegung mit einer derartigen Eleganz aus, wie man sie nur von Filmstars kannte. Sie war ein Wunder. Dass sie sich für mich entschieden hatte, war ein Wunder. Unser wunschlos glückliches Leben war ein Wunder. Zu schön, um wahr zu sein. Benjamin kam zuerst zur Welt. Er war unser ganzer Stolz. Später wurde er ein starker, mutiger Junge mit dem nötigen Ehrgeiz, hart zu schuften. Wir lernten Benny Westernreiten und auch Rodeo. Er war ein kleines Talent. Doch es stellte sich schnell heraus, dass er wohl für etwas Größeres, als Farmer zu sein, geboren war. Er war körperlich kräftig. Aber den Mut, die Geschicklichkeit und die mentale Stärke hatte er klar von Sarah. Die Liebe zum Vaterland von mir. So entstand sein Wunsch, Soldat zu werden, bei dem wir ihn stets unterstützten, auch wenn Sarah sich natürlich immer Sorgen um ihn machte. Luke kam vier Jahre nach Benny zur Welt und war als Kind schon ganz anders als er. Er schaute Benny immer beim Reiten zu, doch selbst wollte er nie auf ein Pferd steigen. Luke war ein ruhiges Kind, lieb und naiv. Er zeichnete viel: die Farm, die Rinder, Benny beim Reiten, Sarah und mich beim Essen. Und damals schon waren seine Zeichnungen wahre Kunstwerke. Das Künstlerische, die freien und weltoffenen Gedanken, hatte er von Sarah. Was ihn mit mir verband, war bloß die Anlage zur Schwermut, zur Nachdenklichkeit und Schweigsamkeit. Sarah nannte es aber eine philosophische Ader. Klingt zumindest besser. Luke ist also ernsthaft philosophisch und noch dazu ein wahrer Künstler. Nicht für ein Farmerleben geeignet, das war schon deutlich, als er vier Jahre alt war. Später erfüllte Sarah ihm den Wunsch, das Kunststudium zu finanzieren. Ich war dagegen, denn mit Kunst verdient man schließlich nur wenig Geld, aber ich gab nach. Als Benny acht und Luke vier Jahre alt war, kam Josh zur Welt. Ich hatte starke Hoffnung, dass er dafür geboren ist, die Farm zu übernehmen, nachdem bei Benny und Luke immer deutlicher wurde, dass das womöglich nichts werden würde. Unser Jüngster machte mir Hoffnungen. Er war schon als Kind ein frecher, aufgeweckter Kerl. Neckisch und spitzbübisch. Ein richtiger Witzbold. Das hatte er von Sarah, diese liebenswürdig-freche Art. Von mir hatte er bloß den Willen zur Farmarbeit, mehr nicht. Wie Benny brachten wir auch Josh das Westernreiten und Rodeo bei. Auch er war talentiert. Er half auch immer bei der Farmarbeit und ich wurde immer zuversichtlicher. Doch als er achtzehn Jahre alt wurde, offenbarte er uns, dass er ins Fernsehen wolle. Er wollte Moderator werden, ein richtiger Showmaster. Ich zeigte ihm den Vogel und nannte seine Absichten Hirngespinste. Er solle gefälligst Zukunftspläne für den Hof schmieden! Benny war schon beim Militär, Luke studierte Kunst in New York und jetzt wollte auch noch Josh etwas anderes, etwas unbegreiflich Dummes machen. Sarah unterstütze ihn sofort. Und ich war rasend vor Wut. Aber natürlich beruhigte mich Sarah wieder und so leitete sie alles in die Wege, damit Josh sich in irgendeine Ausbildung zum Moderator hineinzwängen konnte und sich dann hart und voller Enthusiasmus selbst bis ins Fernsehen kämpfte. Er kämpfte lange für dieses Ziel und es gab bereits Erfolge. Von Anzeichen dafür, dass er es weit schaffen könne, sprach er zu seinem zwanzigsten Geburtstag, als wir ihn in Houston besuchten, wo er damals lebte. Auch Benny und Luke waren gekommen und wir freuten uns alle sehr. Als Sarah und ich nach Hause fuhren, zurück zu unserer Farm, passierte es. Ein Lastwagen war als Geisterfahrer auf der Autobahn unterwegs. Es war mitten in der Nacht. Ich war müde und konnte nicht rechtzeitig ausweichen. Er rammte uns und das Licht ging aus. Als ich im Krankenhaus aufwachte, fragte ich nach Sarah. Die Ärzte schüttelten nur den Kopf und ließen mich allein zurück. Ich hatte das Wichtigste in meinem Leben verloren. Seit diesem Zeitpunkt hörte sich für mich die Erde zum Drehen auf. Das war vor vier Jahren.

Ziemlich bald nach Sarahs Tod begann Josh mit diesen selbstgemachten, ach so lustigen Videos. Er erzählte, dass es gut lief, dass er immer mehr Abonnenten bekam und bald verdiente er sein Geld damit. Erstaunlich schnell hatte er eine Million Abonnenten und so brach er alles ab, was er sich schon für sein Moderatoren-Dasein erkämpft hatte. Natürlich war ich erstaunt, wie er es geschafft hatte, eine solch surreale Menge an Abonnenten zu bekommen. Mit diesen Videos. Und reich wurde er obendrein auch noch. Trotzdem war ich wütend und bin es jetzt immer noch. Sarah und ich haben ihn immer unterstützt und dachten, wir würden ihn bald im Fernsehen sehen. Jetzt bewegt er sich in einem für mich undefinierbaren, unerreichbaren Medium. Diese ganze neue Technologie ist ein Graus. Ich hasse sie. Sie ist eine absurde, unnötige Erfindung, die voller Probleme steckt. Nie hat man „Soziale Medien" gebraucht. Nie hat man sich unvollständig gefühlt, als es noch kein Internet gab. Nie. Alles war einfacher, leichter. Jetzt scheint es unabkömmlich. Unverständlich. Für mich gibt es nur ein Tastenhandy und einen Fernseher. Alles andere überfordert mich. Pure Überforderung.

Seit Sarah nicht mehr da ist, bin ich anders. Noch mürrischer als zuvor. Alles macht mich wütend, nichts macht Sinn. Benny kämpft in fremden Kriegen, Luke kämpft mit Zeichnungen um sein tägliches Brot und Josh kämpft mit meiner Verachtung. Ich könnte Josh danken, dass er Reichtum erlangt hat und ein Luxusleben in Miami führt. Egal womit, auch wenn es „Social Media" ist. So kann ich zumindest sicher sein, dass er Luke hilft, bevor dieser verhungert. Denn ich habe nicht genug Geld, um ihn zu finanzieren und hierher zurück will er sicher nicht. Doch Dankbarkeit liegt nicht in meiner Natur. Ich bin von allem so enttäuscht. Alle meine Söhne sind grundlegend verschieden und doch sind alle wie Sarah. Ich vermisse meine Frau und ich ertrage es nicht, ständig von meinen Kindern an sie erinnert zu werden. Deshalb ist es ohne die Jungs leichter. Ich musste ihnen erst lernen, mich zu hassen, damit ich von Erinnerungen verschont werde. Unvorstellbar, aber wahr. Vielleicht rede ich es mir auch nur ein und entschuldige so mein Verhalten. Ich erinnere mich doch selbst ständig an sie. Es ist hoffnungslos. Ich will einfach alles genauso wie es früher war. Als Sarah mich anlächelte und ich somit meine Wut auf alles und jeden noch unter Kontrolle hatte und die Hoffnung, dass einer meiner Söhne die Farm übernehmen würde, noch existierte.

Jeff stellt die Gläser laut hin und starrt mich an, bringt mich so aus meinen Gedanken zurück in die Wirklichkeit.

„Gibst du mir noch einen?" Ich strecke ihm das leere Whiskeyglas hin.

„Sicher", meint er und schenkt mir ein.

Auf dem Fernseher neben dem Tresen sieht man unseren Präsidenten, während er eine Rede schwingt. Er will Amerika wieder groß machen und groß halten. Richtig so, endlich jemand mit einem Plan. Das wird auch höchste Zeit. Ich finde, er macht seinen Job gut. Er sagt, was sich viele denken und sich nicht sagen trauen. Er tut unvorstellbare Sachen und doch tut er sie für den richtigen Zweck. Nicht für andere, sondern für uns und für Amerika. Jeff beobachtet meinen Blick zu dem Präsidenten.

„Na? Bist du begeistert?", fragt er.

„Begeistert bin ich selten. Zufrieden trifft es eher. Er tut etwas für uns, das ist gut", antworte ich ihm und trinke weiter.

„Ja, da hast du recht!"

Kurze Stille.

„Wie geht es eigentlich deiner Enkelin? Wie alt ist sie jetzt?"

Jeff lächelt selig bei dem Gedanken an sie.

„Rachel ist jetzt dreizehn. Es geht ihr gut. Ein enthusiastisches und kluges Kind ist sie!", sagt er stolz.

„Das freut mich!"

Jeff ist ein paar Jahre älter als ich und hatte früh Kinder bekommen. Deshalb hat er jetzt schon ein paar Enkelsöhne und eine Enkeltochter, die sein ganzer Stolz ist.

„Sie ist übrigens ein richtiger Fan von Josh! Sie ist süchtig nach seinen Videos und vergöttert ihn richtig!", erzählt Jeff weiter.

Ich lächle milde.

„Wenn du ihn wiedersiehst, könntest du ihn vielleicht um ein Autogramm für Rachel bitten? Oder wenn er einmal hier sein sollte, sag mir Bescheid, damit ich Rachel einmal mitnehme und sie ihn sehen kann!", sagt er ganz begeistert.

Mein Gesicht verhärtet sich. Ich bin mir nicht sicher, ob ich ihn jemals wiedersehe, nachdem ich ihn das letzte Mal von der Farm verjagt habe.

Ich nicke leicht.

„Jack! Du wirst ihn doch wiedersehen?"

„Kann ich nicht versprechen", antworte ich ehrlich.

„Ach, sei nicht so! Du solltest unbedingt auf ihn zugehen! Auf alle deine Söhne übrigens! Euer zerrütteter Zustand ist doch nicht mitanzusehen!"

„Ja, ja. Ich weiß."

Ich lege ihm das Geld für den Whiskey auf den Tresen, ziehe mir den Hut in die Stirn, hebe die Hand zum Gruß und gehe. Zurück auf die Farm, wo nichts mehr besser ist als an irgendeinem Ort sonst auf der Welt.

Amira

29. Januar 2020

Ich sitze in der Schule in meinem Klassenzimmer und wippe auf meinem schwarzen Plastiksessel hin und her. Es ist Januar und wir müssen wieder einen Test nach dem anderen schreiben, denn das Halbjahreszeugnis steht vor der Tür. Wir befinden uns alle in einem Rausch, in einer Blase, in der wir einfach funktionieren und gar nicht merken, wie erschöpft wir eigentlich sind. Wir versuchen uns gegenseitig bei Laune zu halten und wachsen eng zusammen. Als Klassengemeinschaft, als Leidensgenossen. Trotzdem kann ich beinahe hören, wie sich die angestrengten Körper meiner Klassenkollegen verkrampfen und langsam schwächer werden. Doch wir schaffen es immer wieder, unsere letzte Kraft für jede Pflicht herauszukitzeln. Mein Platz ist ganz hinten, in der letzten Reihe am großen Fenster. Die schwachen Sonnenstrahlen scheinen auf mein Geografiebuch, das auf dem zerkratzten, grauen Tisch liegt. Die Klasse ist ganz ruhig, mein Blick schweift über die Köpfe vor mir. An der Tafel steht unser Lehrer Innhof. Er ist Mitte Dreißig, hat schwarze Haare, dunkle, leere Glubschaugen, hinter denen keine Seele zu schlummern scheint, und einen Bart, der sich bereits zu kräuseln beginnt. Er ist kein schlechter Lehrer, er versteht etwas von seinem Fach und er kann mich auch gut leiden. Das ist mein großes Glück. Trotzdem verspüre ich eine natürliche Abneigung gegen ihn. Und manchmal tut er mir einfach leid. Es ist seltsam. Er ist der unberechenbarste und launischste Mensch, den ich kenne. Einmal ist er furchtbar nett, sorgt sich um unser Wohlbefinden, beendet sogar früher den Unterricht und ein anderes Mal schreit er wie ein Psychopath, wenn wir uns bloß bewegen oder zu laut atmen. Oder er trägt jemandem, der gut gelaunt ist und einen harmlosen Witz macht, ein Minus in das Klassenbuch ein. Obwohl ich einer seiner gesegneten Lieblinge bin und meistens von seinen

Anfällen verschont werde, musste auch ich schon eine Ungerechtigkeit über mich ergehen lassen, die ich ihm wohl niemals verzeihen werde. Vor ein paar Jahren hatte ich eine Lungenentzündung, die mich dazu zwang, vier Wochen zu Hause zu bleiben. Vor meiner Krankheit lag mein Notenstand bei Eins und als ich zurückkam, bei Drei. Ich starrte ihn verwirrt an und fragte nach dem Grund. Der Grund: Ich habe so lange nicht mitgearbeitet. Meine Reaktion: Ich war vier Wochen krank. Seine Antwort: Und? Die anderen waren nicht krank, waren da und haben mitgearbeitet. Na ja, um es zusammenzufassen: Bei diesem Lehrer braucht man starke Nerven.

Er erwartet von uns, dass wir voller Ehrfurcht aufspringen und stramm stehen, wenn er den Klassenraum betritt, schleicht aber selbst mit einem hängenden, schlaffen Körper und einem starren Blick durch die Gänge, wie ein Depressiver, wie ein Selbstmordgefährdeter. Als ob man vor ihm Respekt haben könnte. Er ist nicht einmal dazu in der Lage, anständig zu grüßen, wenn wir ihm am Gang begegnen, meistens reagiert er nicht auf uns. Er ignoriert jeden, er scheint sich in seiner eigenen psychopathischen Welt zu befinden. Nichts an ihm wirkt liebenswert, er ist ein trauriges, bemitleidenswertes Wesen.

Heute hat er wieder einen schlechten Tag. Er stresst uns die ganze Zeit mit Schulballvorbereitungen, die wir dieses Jahr zu erledigen haben. Als hätten wir in unserer Freizeit nichts anderes zu tun, als kitschige Tischdekorationen zu basteln. Meine Freundin Nora, die neben mir sitzt, stößt mich plötzlich unauffällig an und flüstert mir zu: „Heute ist er wieder besonders gut gelaunt!"

Ich kichere leise.

„Vielleicht hat er ja Sehnsucht nach seinem Liebsten", flüstert sie weiter.

Ich muss mir ein lautes Lachen unterdrücken: „Bestimmt!"

Allein bei dem Gedanken daran, dass unsere Vermutung, unsere Verschwörungstheorie richtig sein könnte, platze ich fast vor Lachen. Innhof ist nicht nur ein unausstehlicher Mitmensch, er ist generell ziemlich eigenartig. Er wohnte bis vor kurzem noch bei seiner Mutter, aber darüber will ich nicht urteilen. Was ich jedoch wirklich seltsam finde, ist, dass er mit einigen Schülern befreundet ist und sich privat mit ihnen trifft. Besonders mit einem. Olli ist sein Name und er geht in die achte Klasse, ist also ein Jahr älter als ich. Olli hat ebenfalls schwarze Haare, dunkle Augen und ist blass wie ein Gespenst. Er ist ein schrulliger und schlaksiger Kerl und wirkt immer gut gelaunt. Die zwei sind ständig zusammen. Soviel ich weiß, gehen sie oft zusammen essen oder zum Bowlen. Innhof hat Olli sogar einmal geholfen, bei einer Lateinschularbeit zu schummeln. Woher ich das weiß? Nun ja, als Olli Lateinschularbeit hatte, hatten wir gerade Geografie und da erlaubte Innhof ein paar Jungs aus unserer Klasse, die mit Olli befreundet sind, mit ihm über das Handy Kontakt aufzunehmen, für ihn die richtige Lateintextübersetzung zu googeln und sie ihm zu schicken. Zusätzlich gab es schon einige lustige und eigenartige Situationen zwischen Olli und ihm, die ich leibhaftig selbst gesehen habe. Eines Tages, es war Ende Frühling, verließ ich gerade die Schule. Als ich zu dem Parkplatz vor unserer Schule ging, huschte ich an den beiden vorbei und hörte, wie sie sich stritten. Innhof schrie Olli an, dass er ihm nicht immer nachlaufen solle, weil die anderen Lehrer schon fragten, warum er immer bei ihm sei. Olli lachte fast stolz und fragte, ob das stimme, ließ ihn aber nicht in Ruhe. Wie eine kleine Klette klebte er sich an sein Bein und ließ sich mitschleifen, wohin Innhof auch ging. Ein anderes Mal schlenderte ich durch die Gänge und an Olli vorbei, der vor einer Klasse stand und telefonierte. In diesem Moment kam Innhof aus der Klasse und sagte zu ihm, dass er leise telefonieren solle. Olli lehnte sich daraufhin keck an die Tür, grinste ihn wie ein Honigkuchenpferd an und sagte, dass er das Tischtennisspielen leider absagen müsse. Als ich die Treppen hinunterging und das Lachen so stark unterdrücken musste, dass ich fast platzte, hörte ich Innhof noch sagen: „Das ist nur wieder die Angst!"

Es gibt noch einige weitere zweideutige Situationen zwischen den beiden, die ich gesehen habe. Manchmal ist es doch ganz praktisch, so unauffällig zu sein. Einmal saßen wir im Computerraum. Olli kam herein, weil er etwas für seine Vorwissenschaftliche Arbeit, die Teil der Matura ist, recherchieren musste. Er setzte sich direkt vor mich hin. Als Innhof nach hinten zur Tür schritt und von dort aus die Klasse im Blick hatte, drehte sich Olli zu ihm um und lächelte ihn mit einem derartig vielsagenden, fast schon perversen Grinsen an, dass ich sofort einen Verdacht bekam, der mich nicht mehr loslässt. Die beiden sind ein heimliches Liebespaar, leben verbotene Liebe. Ich bin mir fast sicher und Nora auch, denn sie sah die beiden einmal aus der ruhigen Kapelle unserer Schule schleichen und miteinander kichernd tuscheln. Ich bin sicher, die beiden haben dort nicht gebetet.

Seitdem Nora und ich diesen Verdacht geschöpft haben, reden wir ständig über die Affäre der beiden. Es muss einfach wahr sein. Innhof ist ein labiles, trauriges, verlorenes Wesen und Olli ist voller Tatendrang, Optimismus und Schrulligkeit. Olli verliebte sich wahrscheinlich in Innhof, warum auch immer. Vielleicht wegen eines Helfersyndroms, vielleicht dachte er, er könne dessen verlorene Seele retten und Innhof nutzt seitdem Ollis positive, witzige Art aus, um aus seinem dunklen Loch zu kommen. Es passt einfach perfekt. Es ist die bezauberndste Liebesgeschichte, die diese Erde zu bieten hat. Es ist das Gestörteste und Abartigste, von dem ich je gehört habe. Zumindest ist es pure Unterhaltung. Unterhaltung, die man zum Überleben braucht.

Ich drehe mich zu Nora.

„Sobald er nicht in Ollis Nähe ist, ist er völlig unentspannt", flüstere ich ihr wieder zu.

Sie kichert. Dann berührt sie mich am Arm.

„Hast du eigentlich von diesem neuen Coronavirus in China schon gehört? Es hat schon hunderte Chinesen umgebracht", sagt sie plötzlich leise.

Die Stimmung wird ernster.

„Ja, das habe ich schon gehört. Aber angeblich ist Corona nur eine Grippe und nur für alte und kranke Menschen gefährlich. An der Grippe sterben doch auch jährlich tausend Leute und das interessiert niemanden!", antworte ich.

Sie nickt.

„Solange es in China bleibt, ist es mir egal! Die ganze Provinz Hubei soll ab heute abgeriegelt werden. Das bedeutet, dass sich das Virus dann nicht mehr so stark ausbreiten kann", rede ich weiter.

„Stimmt. Das ist gut. Deshalb muss es uns überhaupt nicht interessieren."

Ich nicke.

„Ja, ich habe keine Angst davor. Wir sollten uns nicht fürchten!"

Plötzlich ertönt die Glocke. Der Unterricht ist vorbei und Innhof verschwindet. Meine Gedanken kreisen bereits um die Ferien. Nach jedem Läuten fühle ich mich der Befreiung ein bisschen näher. Zuerst die Semesterfreien, danach die Osterferien, dann die Sommerferien. Wie ich mich freue bei dem Gedanken daran, die drückende Hand für eine kurze Zeit loszuwerden und nicht mehr tagtäglich gequält zu werden. In den Osterferien werde ich nach Gran Canaria fliegen und mich ein bisschen erholen, damit ich für die letzten Monate vor Schulschluss noch Kraft habe. Ein Hoffnungsschimmer. Und dann kommen auch schon die Sommerferien. Erlösung. Bis wieder ein neues Schuljahr beginnt. Das letzte Schuljahr. Das Jahr der Matura. Das wahrscheinlich furchterregendste Jahr. Und das Traurigste: Olli wird nicht mehr da sein und Nora und ich werden ihn nie wieder in eindeutig zweideutigen Situationen mit Innhof erwischen. Dann ist wohl nichts mehr unterhaltend in diesem Höllenloch, das alle Schule nennen.

Antonio

4. Februar 2020

Rom. Die milchige Schiebetür öffnet sich und ich trete aus dem Operationssaal heraus. Vorsichtig streife ich die blauen Handschuhe und den Mundschutz ab und werfe sie in den Mülleimer, der in der Ecke steht. Gerade habe ich bei einer Herzoperation assistiert. Nun habe ich eine kurze Pause, bevor ich wieder gebraucht werde. Ich gehe den langen Krankenhausgang entlang und steuere auf den Pausenraum zu. Der weiße Kittel flattert mir leicht um die Beine, ich lächle die Patienten, die auf den Gangbetten liegen müssen, wohlwollend an und grüße die Krankenschwestern und Pfleger, an denen ich vorbeigehe. Dann biege ich in die nächste Gangverzweigung ab und öffne schwungvoll die Tür des Pausenraums. Keiner da, ich bin allein. Ich mache mir einen Kaffee und setze mich an den Tisch. Starre die braune Brühe an und denke kurz daran, dass ich seit Weihnachten und dem Streit keinen Kontakt mehr zu meiner Familie hatte. Aber es beschäftigt mich nur bedingt, denn ich habe sowieso genug zu tun und anderes im Sinn. Seit ich in Rom bin und hier als Arzt arbeite, geht es mir besser als zuvor. Hier kann ich helfen, hier werde ich gebraucht, hier lohnt sich meine Mühe. Alles macht ein bisschen mehr Sinn. Ich schließe die Augen, lehne mich zurück und spüre, wie der heiße Kaffee meinen Rachen hinunterfließt. Diese kleine Erholung ist gut. Sie macht mir schon Vorfreude auf meinen nächsten Einsatz. Mit geschlossenen Augen strecke ich die Hand aus und greife nach dem Keksteller, der auf dem Tisch steht. Ich nehme zwei Kekse und stopfe sie mir genüsslich in den Mund. Plötzlich höre ich Schritte den Gang entlanglaufen und dann wird auch schon die Tür mit einer derartigen Wucht aufgerissen, dass ich vor Schreck fast vom Stuhl falle. Giulietta, eine junge Krankenschwester, steht vor mir und atmet schwer. Ich starre sie mit weit aufgerissenen Augen an, während ich mich wieder aufrapple.

„Ist der Primar hier? Wo ist der Primar? Wir brauchen ihn!",
keucht sie.

„Der ist nicht hier. Ich glaube, er hat gerade Visite."

„Gut, dann müssen Sie jetzt mitkommen!"

„Was ist denn passiert?"

„Ein fünfzehnjähriges Mädchen hatte vor zwei Tagen eine
Mandeloperation. Der Primar hat heute bei der Visite gesagt,
dass sie morgen nach Hause gehen könne und jetzt ist sie gerade
im Bad zusammengebrochen!", beschwert sie sich.

Ich stehe auf und da beginnt sie auch schon zu rennen. Giulietta wird immer schneller und ich laufe ihr durch das halbe Krankenhaus hinterher, bis wir bei dem Zimmer des Mäd-
chens ankommen. Wir treten ein, das Mädchen liegt wieder in
ihrem Bett.

„Na? Alles gut? War dir schwindelig?", frage ich sie, während ich auf sie zugehe.

Giulietta bleibt prüfend daneben stehen.

„Ja, als ich im Bad war", antwortet das Mädchen.

„Bist du hingefallen, hast du dich verletzt?"

„Nein, ich habe mich langsam hingelegt."

„Gut, dann schaue ich dir einmal in den Hals, um sicher zu
gehen, dass die Wunde nicht aufgerissen ist und blutet", erkläre ich, hole eine kleine Lampe aus dem Kittel und leuchte in ihren Rachen.

„Alles gut. Keine Blutung", versichere ich.

Danach mache ich ein paar Koordinationstests mit ihren Armen und Beinen, auch da ist alles in Ordnung.

„Da hattest du einen kleinen Kreislaufzusammenbruch. Am
besten du bekommst eine Infusion."

In diesem Moment bringt Giulietta auch schon eine Infusion und rollt sie mir zu.

„Aber sie bleibt hier! Ich lasse sie morgen sicher nicht nach
Hause gehen, das können Sie dem Primar ausrichten", sagt Giulietta forsch.

„Ja, das sehe ich auch so! Du solltest erst frühestens übermorgen nach Hause", bestätige ich dem Mädchen.

Man merkt, dass sie nicht gerade begeistert ist, aber sie nickt. Ich nehme die Infusion und drehe daran, bevor ich sie überhaupt in die Kanüle ihres Armes gesteckt habe. Die Flüssigkeit schießt plötzlich wie eine Fontäne heraus und fließt über ihren Arm und über meine Hände. Hektisch drehe ich die Infusion wieder zu und lache beschämt.

„Entschuldigung!", sage ich leise und tupfe sie mit einem Tuch ab.

Sie lacht und trocknet sich an ihrer Bettdecke ab und auch Giulietta hinter mir kichert vor sich hin.

„Sehr erfahren!", provoziert sie frech.

Ich drehe mich zu ihr und verziehe mein Gesicht zu einem beschämten Grinsen. Was für ein peinlicher Fehler. Ich verabschiede mich von dem Mädchen und gehe an Giulietta vorbei, ohne noch etwas zu sagen. Durch die tapsenden Schritte höre ich, wie sie mir nacheilt, doch ich drehe mich nicht um. Warum habe ich mich bloß so dumm angestellt? Ich bin so furchtbar peinlich. Beschämt greife ich mir an die Stirn und wünsche, dass mich der Erdboden augenblicklich verschlucke. Ich gehe zurück in den Pausenraum und lasse die Tür hinter mir zufallen. Doch gleich darauf wird sie auch schon wieder geöffnet. Von Giulietta. Sie lächelt mich an.

„Danke, dass Sie gleich mitgekommen sind! Der Primar ist ja nie auffindbar."

„Kein Problem. Dafür bin ich da", versichere ich und setze mich wieder hin, um meinen ausgekühlten Kaffee weiter zu trinken.

Giulietta geht auf den Tisch zu und stibitzt sich ein paar Kekse. Eigentlich ist dieses Zimmer nur für Ärzte gedacht und nicht für das Pflegepersonal, doch ich sage nichts. Sie setzt sich mir gegenüber auf einen Sessel hin, kaut ihre Kekse und schaut mich durch ihre braungrünen Augen an. Ich warte darauf, dass sie etwas sagt.

„Was denken Sie eigentlich über das Coronavirus? Es hat sich ja bereits in ganz China ausgebreitet!", beginnt sie plötzlich.

„Ich weiß nicht." Ich überlege kurz. „Es macht mir schon ein bisschen Sorgen. Zuerst der chinesische Jahreswechsel, wofür viele Chinesen aus der ganzen Welt nach China reisten, um zu feiern. Und danach fuhren alle wieder in ihre Heimatländer zurück. Wenn das kein Ansteckungsrisiko ist, weiß ich auch nicht."

Sie nickt und streift sich durch ihre braunen Haare.

„Ja, ich finde auch, dass es bis jetzt von der Welt zu sehr auf die leichte Schulter genommen wird! Vor allem ist die Situation in China bereits richtig eskaliert", antwortet sie.

Ich denke an Bergamo und an *Pronto Moda*. Es gibt viele Chinesen in Italien. Auch sie sind womöglich zum Jahreswechsel nach China geflogen. Hoffentlich haben sie das Virus danach nicht mit nach Italien gebracht. Ich schüttle die Gedanken wieder aus meinem Kopf. Man sollte sich darüber nicht zu viele Szenarien ausmalen. So schlimm würde es schon nicht werden.

„Was ich von der chinesischen Regierung unmöglich finde, ist, dass sie das Virus tagelang, nein sogar wochenlang versucht haben zu verschleiern. Dieser eine chinesische Arzt wollte davor warnen und sie haben ihn einfach verhaften lassen!"

Sie blickt mich entgeistert an. Danach schüttelt sie ungläubig den Kopf, steht wieder auf, lächelt mich an und geht zur Tür. Bevor sie die Tür öffnet, dreht sie sich nochmals um und sagt: „Ich wollte nur einmal Ihre Meinung zu dem Thema hören. Es gibt ja so viele Gerüchte über dieses Virus. Die einen sagen, es ist unglaublich gefährlich, andere wiederum vergleichen es mit der Grippe. Die Situation ist verwirrend."

„Die Grippe ist auch nicht ungefährlich", unterbreche ich sie.

Sie lächelt: „Natürlich. Aber wahrscheinlich sollten wir uns nicht so viele Gedanken über Covid-19 machen. Schließlich gibt es dieses Virus nur in China."

„Stimmt."

Sie geht und ich bleibe mit einem kalten Kaffee allein zurück. Doch als ich auf die Uhr schaue, bemerke ich, dass es wieder Zeit zum Arbeiten ist. Ich stehe auf und werfe mich zurück in das Krankenhaus-Getümmel.

Ling

So schnell ist es gegangen. Wuhan und die gesamte Provinz Hubei sind schon seit einer Ewigkeit abgeriegelt. Abgeschottet. Nun ist auch Peking von extremen Ausgangssperren betroffen. Wir dürfen unsere Wohnungen nicht verlassen, nur gerade einmal zum Einkaufen. Man hat uns Apps aufgezwungen, die anzeigen, ob wir in Quarantäne sein müssen oder ob wir kurz vor die Tür treten dürfen. Jedes Mal, wenn ich einkaufen gehe, kommen mir Polizisten entgegen, die diese App kontrollieren. Jedes Mal, wenn ich durch eine dunkle Gasse schleiche, vorbei an den Überwachungskameras, die alles über mich wissen, fühle ich mich wie eine Schwerverbrecherin. Jedes Mal, wenn ich den Supermarkt betrete, steckt man mir ein Fieberthermometer ins Ohr, um sicherzugehen, dass ich nicht von dem Virus, der ganz China lahmlegt, betroffen bin. Es ist schrecklich. Wenn man aus dem Fenster blickt, sieht man keine Menschen, die sich durch die Straßen tummeln und keine Autos, die die Wege unsicher machen. Peking ist wie leergefegt. Eine Geisterstadt. Die verdreckte Luft lichtet sich wieder, man kann auf einmal frei atmen, wenn man durch die leere Stadt schleicht. Unvorstellbar. Vor kurzem schien noch alles ganz normal, jetzt ist nichts mehr wie vorher. Beängstigend. Dutzende Krankenhäuser wurden innerhalb weniger Wochen erbaut, damit man all die Corona-Patienten unterbringen kann. Surreal. Ein neues Virus bringt ein ganzes Land zum Stillstand, gefährdet Tausende Menschenleben. Vor einem Monat dachte ich im Traum nicht an solche Ausmaße. Ich habe schreckliche Angst, dass man auf die anderen Kranken vergisst. Auf Maja und ihre Leukämie. Vielleicht kann sie bald nicht mehr behandelt werden, vielleicht fängt sie sich das Virus sogar ein. Das wäre ihr Tod. Alte und kranke Menschen haben fast keine Chance gegen dieses Virus. Ich sollte nicht so viel denken, doch manchmal packt mich die Verzweiflung. Ich sitze am Fenster und starre auf die leeren Straßen, auf denen einfach nichts geschehen will. Das fahle Licht berührt sanft meine Haut, doch sobald ich ein Stück von dem Fenster wegtrete, scheint es, als wäre ich wieder in völlige Dunkelheit gebettet. Ich hasse diese Wohnung. Wie lang werde ich es hier noch ertragen? Maja schläft. Sie schläft viel. Und wenn sie nicht schläft, dann schläft sie trotzdem, nur eben mit geöffneten Augen. Doch aufstehen kommt nur selten in Frage. Es scheint einfach nicht besser zu werden. Die Ärzte waren eine gewisse Zeit lang positiv gestimmt und sagten, es würde schon wieder werden. Doch seit neuestem lächeln sie immer weniger und meiden meine Blicke. Die Ungewissheit ist eine Qual. Ich höre Schritte hinter mir aus der abgrundtiefen Stille der Wohnung auf mich zukommen. Xiaolong bleibt dicht hinter mir stehen. Ich spüre seinen Atem auf meinen Nacken blasen, drehe mich jedoch nicht um.

„Warum sitzt du denn schon wieder am Fenster?", fragt er.

„Hast du etwas Besseres im Angebot, das ich machen könnte?"
Er stockt.

„Nein", sagt er dann.

„Eben. Lass mich einfach am Fenster sitzen!"

Wir reden immer weniger. Und ich werde immer forscher. Alles, was er macht und was er sagt, widert mich an. Bei jeder unstimmigen Bewegung, bei jedem erdenklichen Gesichtsausdruck würde ich ihm am liebsten in seine hässliche Visage spucken. Seit der Ausgangssperre wird es auch nicht besser. Alles an ihm stört mich plötzlich mehr, als mir vorher bewusst war. Lange habe ich es ignoriert und unter meinen Sorgen begraben, doch jetzt ist es einfach nicht mehr zu leugnen. Dieser Mann, der mich einst in einen Schwindelzustand voller Glück bringen konnte, ist ein Monster geworden und ich ertrage ihn nicht mehr. Ich verachte ihn von Tag zu Tag ein bisschen mehr. Es macht mich traurig, so über ihn zu denken und vielleicht liegt es auch an mir. Was ist nur aus uns geworden? Ich sollte an uns glauben und einen Weg finden, der uns wieder zusammenführt. Doch er macht es mir nicht leicht. Jedes Mal, wenn ich zu provozierend bin oder mein Ton eine Spur zu rau ist, fühlt er sich in seinem Stolz verletzt und versucht mich grob zu unterwerfen.

„Ich hoffe, dieser Wahnsinn hat bald ein Ende. Lange halte ich es nicht mehr in dieser beengenden Wohnung aus", sage ich auf einmal, ohne den Blick von der Straße zu nehmen.

„Stell dich nicht so an! So schlimm ist unsere Wohnung auch wieder nicht. Denk einfach an die Zukunft, an die schöne große Wohnung in Shanghai, in der wir bald leben werden!"

Ich schnaufe verächtlich. Verächtlicher, als ich eigentlich wollte. Vorsichtig drehe ich mich um und blicke in seine aggressiven Augen. Er kommt einen Schritt näher und türmt sich bedrohend vor mir auf. Kein Blatt hätte jetzt zwischen uns gepasst.

„Sei froh, dass du überhaupt einen Schritt vor die Tür machen darfst! Sei der Regierung dankbar, dass du noch einkaufen gehen darfst! Mein Bruder in Wuhan darf das alles nicht. Dort werden den Menschen ihre Nahrungsmittel vor die Tür geliefert, damit sie nicht mehr hinausmüssen!", fauchte er mich an.

„Ja, unglaublich dankbar bin ich dafür!", fauche ich zurück.

Sicherheit vor Freiheit. Sicherheit vor Freiheit, schwirrt in meinem Kopf.

Er nimmt mein Gesicht in die Hände und lächelt drohend: „Vorsicht Ling! Ganz vorsichtig!"

Manchmal wirkt er fast ein bisschen psychopathisch. Doch kaum dreht man sich um, kann er wieder ganz normal sein. Wunderlich. Es ist ein seltsames Trauerspiel. Ich schlage seine Hände weg, befreie mich und springe vom Fensterbrett, um mich gleich danach auf die Couch zu setzen.

„Weißt du? Ich wollte eigentlich bald meine Eltern besuchen. Mit Maja. Es ist einfach belastend zu wissen, dass das jetzt wahrscheinlich sehr lange nicht möglich sein wird", beginne ich, um ihn zu beschwichtigen.

„Das verstehe ich natürlich." Er lächelt kurz wie damals, als wäre der alte Xiaolong wieder da. „Der Besuch wäre auch fantastisch für unsere Punkte gewesen. Dadurch hättest du einige Pluspunkte verdienen können, die wir dringend brauchen!"

Und da kommt schon wieder die Leier mit den Punkten. Am liebsten würde ich ihm auf die Füße kotzen.

„Jetzt hör doch endlich einmal mit diesen Punkten auf! Ich ertrage es schon nicht mehr!"

Ich kann mich nicht beherrschen.

„Irgendjemand muss dich doch an die Punkte erinnern! Wie ich dich kenne, wärst du sonst so unvorsichtig, dass du blitzschnell auf der Schwarzen Liste landen würdest!", schreit er.

„Unsinn!"

„Ich glaube, dir ist immer noch nicht bewusst, wie viel von diesen Punkten abhängt! Wie diese Punkte über unser Leben bestimmen können!"

„Natürlich ist mir das bewusst, aber es ändert nichts, wenn du es jeden Tag ansprichst! Verstehst du denn nicht, dass ich gerade andere Sorgen als diese Punkte habe?"

Er steht gefährlich im Raum und senkt nachdenklich den Kopf.

„Doch, verstehe ich."

Es wird plötzlich ganz still.

„Du hast Angst um Maja. Das ist aber unbegründet, vertrau mir. Sie schafft das schon", sagt er mit zärtlicher, versöhnlicher Stimme.

„Und wenn nicht? Dann haben wir nicht nur Mulan verloren, sondern auch sie." Langsam steigen mir Tränen in die Augen.

Da habe ich auch schon wieder den verbotenen Namen ausgesprochen.

Er wirft wütend den Kopf auf die Seite, schlägt die Hände über sein Gesicht zusammen und dreht sich böse lachend weg.

„Du kannst es einfach nicht lassen", sagt er und kommt drohend wieder auf mich zu, „ich sage es dir noch ein letztes Mal! Hör auf mit Mulan! Ich kann nichts dafür, es gab keine Chance für sie, es musste so enden!", schreit er.

„Es war trotzdem unrecht!"

„Es ist nie passiert, Ling! Es ist offiziell nie passiert. Du solltest es endlich vergessen!", faucht er, bevor er ins Schlafzimmer rennt und die Tür zu schlägt.

Und ich bin genauso verzweifelt wie zuvor.

Jack

21. Februar 2020

Helllichter Tag und ich stapfe durch das dunkle Wohnzimmer.
Eine Schande. Eigentlich hätte ich Tausende Sachen zu erledigen. Die Ställe säubern, die Rinder füttern, die Pferde trainieren.
Die armen Pferde sind wahrscheinlich schon ganz verkümmert,
so lange ist mit ihnen niemand mehr Western- und Rodeoge-
ritten. Ich bin zu nachlässig. Schiebe die Arbeiten vor mich her
und rede mich auf Schmerzen aus. Die Bandscheiben von Hals-
bis Lendenwirbelsäule scheinen Tango tanzen zu wollen und ich
bade auch noch in den Schmerzen. Vergammle im Wohnzimmer. Lass sie doch tanzen! Alles nur Ausreden. Zu schmerzemp-
findlich bin ich geworden. Früher hätte es das nicht gegeben.
Ich muss mich aufraffen. Der Fernseher läuft und ich sitze davor.
Koste die letzte Minute aus, in der ich noch sitze. Mittlerweile gibt es nur noch ein großes Thema in den Medien. Und wer
noch nichts davon gehört hat, ist wahrscheinlich ein Irrer oder
lebt am Mars. Ein Virus namens Corona oder Covid-19 hat ganz
China befallen und wandert langsam durch die Welt. Scheint ein
Monstervirus zu sein. Viel schlimmer und gefährlicher als die
Pandemien davor. Doch unser Präsident beschwichtigt. Dieser
chinesische Virus könne nicht nach Amerika kommen. Amerika
wird nicht davon befallen. So sei es. Die Chinesen sind schon ein
wunderliches Volk. Dreist und abgebrüht. Allen Ernstes wollen
sie uns weismachen, dass Amerika das Virus erfunden hätte, um
China und andere Staaten zu vernichten. Dabei ist es doch um-
gekehrt, vielleicht haben sie dieses Virus gezüchtet und frei gelassen! Aber nein, wir sollen angeblich absichtlich dieses Virus
erschaffen und in China ausgesetzt haben! Natürlich. Als hätten wir das nötig. Da sieht man nur wieder, wie idiotisch diese
Chinesen sind. Solche verdreckten Schweine! Dass in einer Zivilisation eine Seuche wie im 13. Jahrhundert entstehen kann,

ist schon schlimm, aber dann anderen die Schuld zuschieben, ist der Gipfel der Dreistigkeit. Amerika die Schuld zuschieben! Unerhört. Ich greife nach der Fernbedienung und schalte den Fernseher aus. Mehr brauche ich davon jetzt wirklich nicht mehr zu sehen und zu hören. Soll das Virus Virus sein. Mir doch egal! Die Chinesen haben es wohl verdient. Ein paar weniger von ihnen: Das würde sicherlich nicht schaden. Solange Corona nicht die ganze Welt zerstört, nicht Amerika zerstört, kann es mir gestohlen bleiben. Und das wird es bestimmt nicht. Unser Präsident hat doch gesagt, dass es dieses Virus in Amerika nicht gibt. Darauf vertraue ich. Langsam stehe ich auf und beiße die Zähne zusammen. Seit kurzem kommt dieser brennende, zerrende Stich, sobald ich eine kleine Bewegung mache und er fährt durch mein ganzes Rückenmark. Es ist grauenvoll, ich wünsche es niemandem. Doch was soll ich dagegen tun? „Aushalten und ertragen", so lautet die Devise. Mehr ist da nicht zu machen. Vielleicht hin und wieder eine Schmerztablette einschmeißen und akzeptieren, dass man alt wird. Es ist eben nicht mehr so, wie es früher einmal war. Man ist wohl zu nichts mehr zu gebrauchen. Ich schleppe mich durch das Wohnzimmer und die Küche und stapfe hinaus ins Freie. Auf der Veranda bleibe ich stehen, betrachte die Amerika-Flagge, die im Wind flattert und bin kurz stolz, dass ich diese Schmerzen fühlen darf. Denn sie kommen ja nicht von irgendwo. Sie kommen von der harten Arbeit auf der Farm. Die Farm, die ein Teil des wunderschönen Amerikas ist. Mein Blick schweift über den Hof und die weite Landschaft Texas. Die aus Holz gebauten Zäune der Rinderweiden und der Pferdekoppeln, der staubige Boden des Hofes, die Holzställe, die in der Sonne braun-orange leuchten, die Tiergeräusche. Mein Paradies. Ich drücke verstohlen eine Schmerztablette aus der Packung, die in meiner Hose steckt und schlucke die Pille. Ich will schließlich wieder zu etwas fähig sein. Ich kann doch nicht tatenlos in diesem Paradies leben und nichts tun. Kurzerhand beschließe ich, eines der Pferde zu zäumen und zu reiten. Wie damals mit Sarah. Ein bisschen um die Strohballen jagen und ein paar Kälber einfangen. Endlich wieder das machen, wofür ich früher berühmt und berüchtigt war. Ich war einer der besten Rodeoreiter und im Westernreiten war ich auch nicht schlecht. Vielleicht finde ich ja dadurch ein Stückchen zu mir zurück, vielleicht komme ich dann der traumhaften Vergangenheit ein bisschen näher. Ich schlendere über die weite Ranch und gehe auf die Pferdekoppel zu. Die Tiere erkennen mich und kommen mir erwartungsvoll entgegen. Ich schnappe mir meinen Mustang, binde ihn an, hole Westernsattel und Zaumzeug und mache ihn bereit. Voller Tatendrang schwinge ich mich auf seinen Rücken, bemerke aber sofort, dass es nicht mehr so leicht wie früher ist. Schwerfällig bin ich geworden. Aber das soll meine Vorfreude nicht trüben. Gierig sporne ich meinen wunderschönen Mustang an und da preschen wir auch schon über die Koppel. Die aufgestellten Strohballen umkreisen wir geschickt, bremsen immer wieder abrupt ab, um rückwärts zu trippeln und drehen uns am Stand wild im Kreis. Dann sprinten wir wieder voraus und galoppieren mehrere Runden. Es ist wunderbar befreiend. Der Wind bläst uns entgegen und ich fühle mich kurz in die alte Zeit zurückversetzt. Weil es so wundervoll ist, galoppiere ich mit meinem Mustang in die Rinderweide, jage einem Kälbchen hinterher, fange es mit dem Lasso ein, springe vom Pferd und binde rasch und geschickt das Seil um die Beine des Kalbes, damit es nicht mehr davonlaufen kann. Ich kann es immer noch! Ich bin immer noch der Cowboy von früher. Erschöpft und mit einem glücklichen Lächeln lehne ich mich an das Kälbchen. Doch dann schießt dieser elendige Schmerz wieder durch meinen Rücken. Voller Wucht, schlimmer als sonst. Wie ich es hasse. Kein Glücksmoment sei mir vergönnt. Ich befreie das Kalb wieder, schnappe das Pferd und stapfe wütend und mit schmerzverzerrtem Gesicht davon. Es ist ein grausames Leben. Es ist eine grausame Welt.

Antonio

23. Februar 2020

Die Sonne sticht auf mich herab, das Meer unter mir reflektiert die Sonnenstrahlen in alle Richtungen. Meine Haut ist feuerrot und verbrennt, die Lippen sind vertrocknet und schmecken nach Salz. Mein Körper besteht aus reiner Gänsehaut. Der Blick streift den Horizont und richtet sich dann gegen den hellblauen Himmel. Das rote Schlauchboot treibt im weiten Ozean vor sich hin. Um uns herum nichts als Wasser. Kein Festland in Sicht, die Unendlichkeit des Wassers scheint kein Ende zu nehmen. Die Wellen wippen auf und ab, ziehen mich vor und zurück. Neben mir kauern hundert andere Menschen. Sie quetschen sich an mich, erdrücken mich fast unter ihrer schweren Last. Mit großen, leeren, schwarzen Augen starren sie mich an und ich kann in ihnen den Lauf ihrer Geschichte sehen. Als wäre es ein Film ohne Ton. Trotzdem höre ich die Schmerzensschreie. Doch Schmerzen fühlen wir schon lange nicht mehr. Wir spüren nichts als die Wellen, die uns immer weiter in die Leere und Sinnlosigkeit ziehen. Verloren ist das Wort, das uns und unsere Seelen beschreibt. Meine Hand wandert an der glatten Gummioberfläche des Bootes entlang, bis sie in das Meereswasser fällt. Wie leicht sie jetzt mitschwebt, mit den Wellen. Tränen, die meine Wangen entlang fließen, scheinen den Ozean zu füllen. Füllen den Ozean in meinem Inneren. Will er mich in seine Tiefen ziehen, mich überschwemmen und ertränken? Will er mich aus dieser Welt hinaustreiben? Oder tragen mich seine Wellen zu neuen Ufern, zu einem neuen Land, in dem ich ich selbst sein kann? Wie lang noch treibe ich leer so dahin? Auf diesem Wasser, das mein Leben füllt und mich trotzdem nicht am Leben halten kann? Das unendliche Rauschen dieser unendlichen Weite. Meine Seele synchronisiert sich mit dem traurigen Weinen, mit dem überhörbaren Schluchzen des Ozeans. Wann trifft bloß Erlösung ein?

Einer von ihnen springt plötzlich schreiend auf und stürzt sich ins Wasser. Das Boot kentert, ich wehre mich nicht und lasse mich in die Kühle des Meeres fallen, in den rauschenden Schaum. Ich höre Schreie, nichts als Schreie und das Gurgeln der Ertrinkenden. Selbst gebe ich keinen Laut von mir. Es ist zu spät, um zu schreien. Das Wasser umhüllt mich, nimmt mich gewaltvoll in sich auf und schwemmt alle Verlorenheit aus mir. Ich werde eins. Mit dem Ozean. Und mit dem Ozean meines Inneren.

Ich reiße meine Augen auf und bin kurz davor zu schreien. Der Mund ist schon geöffnet, doch kein sinnvoller Ton, außer einem erbärmlichen Krächzen, kommt heraus. Keuchend sitze ich aufrecht im Bett. Mein Herz schlägt so wild gegen meine Brust, dass ich kurz denke, es springt heraus. Ein Traum! Bloß ein Traum unter diesen vielen elendigen Träumen. Ich hatte Nachtdienst und kam erst um acht Uhr in der Früh ins Bett. Mein Blick streift den Wecker. Jetzt ist es 14 Uhr und Zeit aufzustehen. Langsam krieche ich aus dem Bett, mein Herz galoppiert immer noch wie ein wilder Gaul. Vorsichtig, als wäre ich ein gebrechlicher Mann, schleiche ich durch meine Wohnung. Es ist ganz still, nur das Ticken der Uhr ist zu hören. Wie ich diese Stille liebe. Die Sonne strahlt auf die zugezogenen, dunkelgrünen Vorhänge und ich ziehe sie auf. Ganz zart durchfluten die Sonnenstrahlen meine Wohnung und bringen die dunkelbraunen Holzmöbel, die goldumrandeten Bilder und die edle, grüne Couch zum Vorschein. Mein Bruder sagt, meine Wohnung sei ein Palast. Ich finde, sie ist ein goldener Käfig. Ein Käfig, in dem man gerne haust. Immer noch völlig aufgewühlt drehe ich am Radio herum, mache mir Frühstück und setze mich zu Tisch. Ich hasse diese Träume. Sie lassen mich einfach nicht los. Doch eigentlich müsste ich dankbar sein, denn der heutige Traum ist vergleichsweise harmlos ausgefallen. Trotzdem wünschte ich, dass ich nie wieder in meinem Leben träumen müsste. Ein sinnloser, unerfüllbarer Wunsch. So wie vieles. Italienische Musik trällert aus dem Radio und ich sitze am Tisch und esse. Plötzlich ertönen die Nachrichten und eine Radiosprecherin erzählt davon, dass sich das Virus weiter in Italien ausgebreitet hat. Seit gestern sind Teile der Lombardei abgeriegelt. Die Leute dort sollen ihre Häuser nicht verlassen. Es gibt hundert Infizierte und zwei Todesopfer. Klingt erst mal banal. Eine Abriegelung der Lombardei wirkt für viele übertrieben. An der Grippe erkranken und sterben jährlich viel mehr Menschen. Das werden sich wohl einige denken und ich bezweifle, dass die Menschen die Gefahr des Risikos ernst nehmen. Ich nehme sie ernst. Und ich finde, die Maßnahmen reichen noch nicht aus. Auch wenn ich anfangs skeptisch war, seitdem das Virus Italien erreicht hat, bin ich sicher, dass es sich hier genauso ausbreiten wird wie in China. Das wäre eine Katastrophe. Unser Gesundheitssystem würde kollabieren, denn unsere Bevölkerung ist überwiegend alt und alte Menschen sind eine Risikogruppe. Italien ist nicht wie China dazu fähig, innerhalb einer Woche ein neues Krankenhaus zu erbauen. Ich werde unruhig, rutsche auf meinem Sessel hin und her. Schlechte Nachrichten machen mich völlig nervös. Ich denke an meine Eltern und meinen Bruder. Sie sitzen in Bergamo fest. Ich bete, dass ihnen nichts passiert, dass sie gesund bleiben und wir uns bald wiedersehen. Auch wenn ich seit Weihnachten immer noch nicht mit ihnen geredet habe. Meiner Familie darf einfach nichts Böses geschehen. Das wäre zu viel an Grausamkeit. Meine Eltern sind alt, sie würden das Virus vielleicht nicht überleben. Ich bin mehr als besorgt. Die Radiosprecherin berichtet weiter von schlechten Neuigkeiten. Vor allem aus China kommt nur Beunruhigendes. Nervös fummle ich wieder am Radio herum. Ich will davon nichts hören. Sie sollen mich mit diesen Sachen einfach in Ruhe lassen. Jeder hört von der Gefahr, die neuerdings von dem Virus ausgeht und trotzdem weiß ich, dass sie niemand ernst nimmt. Das macht mir Angst und hindert mich daran, zu mir zurückzufinden und einfach wieder einmal unbeschwert zu sein. Wie ich sie alle hasse! Dafür hasse, dass sie nur von dem Schlechten, Bösen und Grausamen berichten, es aber niemanden kümmert. Alle hören es und allen ist es egal. Solange man nicht selbst unmittelbar darunter leidet, ist es nicht interessant, ist es nicht wichtig und kann schon nicht so gefährlich sein. Und selbst jetzt, wo dieses Virus uns bedroht, Italien bedroht, nehmen es nur diejenigen ernst, die in der Lombardei die Gefahr vor der Haustür stehen haben. Doch selbst sie sind sich nicht sicher, ob es nicht doch übertrieben ist. Manchmal denke ich, dass ich der Einzige bin, der die Grausamkeit und die Gefahr der Welt ernst nimmt und das Leid fühlt, das dadurch verursacht wird. Manchmal fürchte ich, dass der ganze Schmerz der Welt an den Leuten vorbeigeht und nur auf mich abgeladen wird. Ich drücke immer noch wie ein Irrer auf das Radio, doch es lässt sich nicht ausschalten. Wütend und verzweifelt werfe ich es vom Tisch. Es landet unsanft und mit einem lauten Knall auf dem schönen, dunklen Boden und zerbricht. Plötzlich ist es wieder ganz still. Nur die Uhr tickt. Verzweifelt lege ich mein Gesicht in die Hände. Was ist nur aus mir geworden? Ich will doch einfach nur wieder frei von diesem Schmerz sein.

Ling

26. Februar 2020

Es wird besser. Es besteht Hoffnung, sagen sie. Die Anzahl der Neuinfizierten geht langsam zurück. Die Kurve flacht ab. Trotzdem scheint für mein Leben kein Lichtblick in Sicht zu sein. Seit einer Unendlichkeit sind wir in unserer Wohnung gefangen, dürfen wir keinen Schritt in die Freiheit setzen. Keiner würde es wagen, gegen die Vorschriften zu verstoßen, denn die zigtausend Kameras würden das Vergehen sofort aufzeichnen. Wir sind doch nicht lebensmüde. Ein bis zweimal in der Woche dürfen wir hinaus, um an dem Stand am Ende des Wohnblocks etwas zu kaufen. Mehr darf man nicht erwarten. Ich sitze wieder am Fenster und schaue hinaus. Langsam überfällt mich der Wahnsinn. Wie lang ertrage ich es noch in diesem dunklen Loch? Xiaolong muss heute arbeiten, darf durch die Stadt laufen, um Kontrollgänge zu machen, ob auch niemand vor der Tür steht. Der Glückliche ist ja Polizist. Ich Glückliche muss ihn nicht in meiner Nähe haben. Zumindest für ein paar Stündchen. Maja liegt auf der Couch, starrt auf den eingeschalteten Fernseher und windet sich vor Schmerzen. Zu lange durften wir schon nicht mehr aus der Wohnung, zu lange konnten wir für die wichtigen Infusionen nicht ins Krankenhaus. Wie lange würde Maja es noch überstehen? Nicht mehr lange. Wie vom Blitz getroffen springe ich vom Fensterbrett. So kann es wohl nicht weiter gehen, keiner kann verlangen, dass ich meinem Kind beim Leiden, beim Dahinsiechen zuschaue. Mein Entschluss ist gefasst. Wir müssen ins Krankenhaus, egal was es kostet, wir können nicht länger warten. Ich laufe wie eine Irre durch die Wohnung, suche alle wichtigen Papiere zusammen und hole die Schuhe und Jacken.

„Mama? Was machst du?" Majas Blick verfolgt mich verwirrt.

„Wir gehen jetzt!"

„Was? Wohin?"

„Ins Krankenhaus", antworte ich mit strengem Ton, der keine Widerrede duldet, „du musst einfach weiter behandelt werden. Es geht dir schlecht und das lasse ich nicht länger zu! Komm, zieh dich an!"

Ich werfe ihr die Jacke auf den Bauch.

Verwundert, aber gehorsam zieht sie sich an und da packe ich sie auch schon am Arm, nehme das Sauerstoffgerät, das sie mittlerweile bei kleinen Anstrengungen braucht und lege es ihr an. Dann zerre ich sie rasch aus der Tür. Doch gleich danach nehme ich sie vorsichtig unter den Armen, um sie beim Gehen zu stützen. Wir stehen vor der langen, unendlichen Treppe, die nach unten führt und kein Ende zu haben scheint. Nie hätte ich gedacht, einmal Angst vor einer Treppe haben zu müssen. Angst zu haben, dass man sie nicht bewältigen kann. Diese elendige Treppe, die in die Dunkelheit, in die Hölle zu führen scheint. Doch mehr Hölle, als unsere Wohnung zu bieten hat, kann sie wohl doch nicht aufweisen. So bereiten wir uns mit einem kräftigen Ausatmen auf die mühsame Reise vor und beginnen langsam Stufe für Stufe, Schritt für Schritt, den Kampf mit dem weiten Weg aufzunehmen. Maja ist kraftlos wie noch nie. Es ist wichtiger denn je, ins Krankenhaus zu gelangen. Jeder Schritt ist mühsam und doch kommt das Ziel näher. Obwohl ich keine Schmerzen habe, beiße ich die Zähne zusammen, denn Majas Schmerzen scheinen aus ihrem Körper flüchten zu wollen, scheinen sich auf mich zu übertragen. Ich schaue verdächtig nach links und rechts, als wir die Treppe bezwungen haben und die schwere Tür des Wohnhauses aufziehen. Kein Polizist in Sicht. Die Straßen Pekings sind leer und still. Unheimlich. Doch der frische Wind ist wunderbar. Wie er durch meine Lunge strömt. Eine kleine Erlösung. Durch die grauen Wolken blendet die Sonne. Obwohl es dunkel und trist wirkt, ist es die hellste Umgebung, die ich seit langem zu Gesicht bekommen habe. Wie Kriminelle huschen wir durch die Straßen und bahnen uns unseren verbotenen Weg zu der erhofften Rettung. Ich halte mein Kind eng unter meinem Arm. Es tut mir unendlich leid, es tut mir so unendlich weh, sie drängen zu müssen. Ihr Atem ist schwer, die Muskeln sind schlaff. Sie kann nicht mehr. Und trotzdem ziehe ich sie weiter, denn die Uhr des Lebens tickt unermüdlich. Ich will Ruhe und Geborgenheit ausstrahlen und gleichzeitig bin ich panisch und schreckhaft, wie ein Reh im Dickicht. Mein Blick gleitet durch die leere Stadt. Wie verloren alles wirkt. So grau, so einsam. Die pompösen Gebäude scheinen so unwichtig, ohne die gestressten Menschen davor. Wozu wurden die langen, breiten Straßen gebaut, wenn kein Auto darauf fährt? Als hätte man schon vergessen, wie es früher einmal war. Alles wirkt sinnlos, alles wirkt noch kälter als zuvor, alles scheint so surreal. Wie in einem Kriegsfilm, in dem man durch zerbombte und verlassene Städte schleicht. Hinter jeder Ecke scheint eine Gefahr zu lauern. Der Wind säuselt schon gefährlich. Wir gehen weiter. Immer weiter. Das Krankenhaus rückt näher. Man hört die kleinen Kieselsteine, die unsere Füße aufwirbeln und auf der Straße herumschießen. Ich spüre beinahe den eisigen Asphalt unter mir. Früher hätte man rein gar nichts wahrgenommen, außer Lärm und Gestank und die eigenen bedrückenden Gedanken. Auf einmal fühle ich alles. Jeden peitschenden Windstoß, jeden Kleidungsfetzen auf der Haut.

„Mama, ich kann nicht mehr! Lass uns bitte eine Pause machen!", stöhnt Maja gequält.

„Maus, das geht jetzt nicht. Wir haben es gleich geschafft. Halte noch ein wenig durch!"

Sie wird immer langsamer, ich schleppe sie fast nur noch hinter mir her.

„Komm, lass uns auf der Straße weitergehen. Es fahren sowieso keine Autos und diese Autostraße führt direkt zum Krankenhaus!", sage ich.

Maja nickt abwesend. Ihr ist völlig egal, welchen Weg wir nehmen, Hauptsache ist, dass wir bald ankommen. Wir verlassen den Gehsteig, laufen auf die Straße und folgen ihr. Wie merkwürdig diese verlassene Straße ist! Wie merkwürdig, dass wir darauf laufen! Der Wind säuselt uns einsame Worte um die Ohren. Er fragt uns, ob wir wirklich glauben, dass wir diesen Weg schaffen würden. Er fragt, wer wir glauben, dass wir seien. Als würden wir unser Ziel jemals erreichen. Wir kriechen doch nur noch. Gebt auf! Gebt auf! Doch ich höre nicht auf die Stimmen des Windes und halte meine Ohren zu. Aufgeben ist keine Option. Eine Ewigkeit gehen wir schon und die Straße scheint immer länger zu werden. Aber da, plötzlich reckt sich ein Ende am Horizont empor. Das Krankenhaus wandelt sich von einem undefinierbaren, verschwommenen Fleck zu einem immer größer werdenden Gebäude. Ein müdes, hoffnungsvolles Lächeln schießt mir ins Gesicht.

„Da, schau Maja! Gleich sind wir da!" Ich zeige in die Ferne.

Doch plötzlich naht nicht nur das Krankenhaus, sondern es wird auch eine Absperrung der Straße sichtbar. Orangenfarbene Bänder ziehen sich quer über die einst belebte Fahrbahn und ein paar Menschen stehen demonstrativ davor. Panik überfällt mich. Der Weg darf nicht umsonst gewesen sein. Sie werden uns durchlassen. Sie müssen uns durchlassen. Wir schleppen uns zu der Absperrung und ich beginne, Stoßgebete in den Himmel zu schicken, dass sie uns vorbeilassen mögen. Als uns die Männer erblicken, kommen sie auf uns zu. Jedoch wirkt es nicht so, als würden sie uns ihre helfende Hand reichen wollen. Die Hand zu reichen in Corona-Zeiten: Das wäre generell absurd, doch ihr stechender Blick verrät, dass wir absolut unerwünscht und fehl am Platz sind. Als würden wir etwas Böses wollen.

„Das darf ja nicht wahr sein! Was wollen Sie hier? Gehen sie sofort wieder nach Hause!", ruft uns schon einer entgegen.

Erschöpft setze ich Maja am Straßenrand ab. Sie kann nicht länger stehen, sie muss sich kurz ausruhen. Dann nähere ich mich der Absperrung, bleibe jedoch mit einem gesunden Sicherheitsabstand vor den Männern stehen.

„Bitte lassen Sie uns durch! Wir müssen ganz dringend ins Krankenhaus! Meine Tochter ist krank, sie braucht ihre lebensnotwendige Medikation!"

„Das tut mir leid, aber wir dürfen sie hier nicht durch lassen! Die Straße ist abgesperrt!", antwortet einer.

„Das können Sie uns nicht antun! Wir haben uns den weiten Weg hierhergeschleppt! Meine Tochter ist krank, sie ist völlig am Ende! Lassen Sie uns bitte ins Krankenhaus!"

„Es ist nicht erlaubt. Wir können nicht gegen das Gesetz verstoßen! Gehen Sie heim, sonst müssen wir sie abführen lassen!"

„Bitte!"

„Nein, unmöglich!"

Tränen steigen mir in die Augen und mein Herz krampft sich zusammen. Am liebsten wäre ich ihnen schreiend entgegengelaufen, hätte ihnen ins Gesicht gespuckt und sie geschlagen, bis sie bluten. Wie kann man das einem zwölfjährigen Mädchen und seiner Mutter nur antun! Warum sind alle so grausam in dieser Welt? Mein Hals schnürt sich enger zusammen und ich drohe zu ersticken. Das kann nicht das Ende sein. Wie hilflos man doch ist.

„Lassen Sie uns durch! Ich flehe sie an!" Meine Stimme überschlägt sich und die Tränen laufen unkontrolliert über meine Wangen.

Ich bin in Rage, kann mich nicht mehr zurückhalten und schreie die Männer, die mein Kind einfach dem Tod entgegenstrecken, ungebremst an.

Völlig unerwartet höre ich auf einmal Schritte hinter mir. Ich drehe mich panisch um und sehe ein europäisch aussehendes Fernsehteam auf uns zukommen. Ein Mann mit Mikrofon in der Hand und zwei Kameramänner. Sie haben uns bemerkt. Ein Hoffnungsschimmer. Als sie nah genug sind, fragt der Mann mit dem Mikrofon, was hier los sei. Ein Akzent schwingt leicht in seiner Stimme mit, und die Tatsache, dass sie aus dem Ausland stammen, beruhigt mich.

„Diese Monster wollen uns nicht durch die Absperrung lassen!" Ich zeige auf Maja, die sich erschöpft am Straßenrand zusammenkauert. „Meine Tochter hat Leukämie und muss unbedingt ins Krankenhaus! Sie braucht Infusionen!"

Die Kamera schwenkt auf Maja, dann filmt sie wieder mich und meinen Ausbruch und ich schreie wie eine Geisteskranke. Das Fernsehteam erklärt, dass es aus Österreich komme und die Situation in China dokumentieren wolle und fängt mit den Männern, die uns den Weg blockieren, zu diskutieren an. Noch nie war ich so dankbar für ausländische Hilfe. Ich bin noch immer völlig außer mir, und die Tränen wollen einfach nicht aufhören zu fließen. Doch wie durch ein Wunder beschließen die Sicherheitsmänner plötzlich, uns passieren zu lassen. Auf einmal durfte man das Gesetz wohl brechen. Ohne das österreichische Fernsehteam hätten Maja und ich keine Chance gehabt. Dankbar nicke ich den Fernsehleuten zu, wische mir die Tränen aus dem Gesicht und schnappe Maja. Behutsam nehme ich sie wieder unter den Armen und so schleichen wir an den Männern und der Absperrung vorbei. Ohne uns noch einmal umzudrehen, gehen wir weiter. Die Straße ist gleich zu Ende, das Krankenhaus befindet sich schon direkt vor unserer Nase. Wir sind dem Ziel so nah.

„Siehst du, Maja? Wir haben es geschafft!" Ich schnappe erleichtert nach Luft.

Vorsichtig schleppen wir uns die Stiegen hinauf und dann stehen wir auch schon vor dem Eingang. Doch die Reise scheint hier noch kein Ende zu nehmen. Vor den Türen stehen maskierte Krankenhausmitarbeiter in voller Schutzkleidung. Als wir auf sie zugehen und ich ihnen die Situation schildere, stecken sie uns Fiebermesser in die Ohren. Majas Fieberthermometer piept aggressiv. Die Mitarbeiter sind nicht begeistert, begleiten uns aber hinein. Doch statt direkt in die Eingangshalle zu treten, werden wir durch einen langen Sicherheitsgang geschleust, in dem uns noch fünf weitere Male Fieber gemessen wird. Und ich erkläre jedes Mal aufs Neue, dass Maja Leukämie hat und dringend ihre Infusionen braucht. Nach einer Ewigkeit und tausend Diskussionen später lässt man uns schließlich in das Stockwerk, in dem Maja betreut wird. Doch sofort wird sie in einem Einzelzimmer abgesondert. Augenblicklich wird sie auf das Bett gelegt und an eine Infusion gehängt. Ihr Gesicht ist noch blasser als sonst und sie ist völlig durchgeschwitzt. Sie sagt kein Wort, doch ihr Gesichtsausdruck spricht für sich. Die Schmerzen müssen unerträglich sein. Sie leidet wie noch nie. Sie hechelt wie ein Hund. Sie röchelt und windet sich. Was ist das für ein Leben? Die Ärzte schütteln den Kopf, als sie sie untersuchen und ihre Blicke sind nichts als hoffnungslos.

„Ihre Tochter darf nach den Infusionen auf keinen Fall nach Hause! Ich will ehrlich sein, ihr Zustand ist fatal. Sie muss zur

Beobachtung hierbleiben!", sagt eine Ärztin, als ich an Majas Bett sitze.

Mein Blick gleitet ins Leere.

„Ich wollte schon viel früher mit ihr kommen, aber das Krankenhaus hat uns telefonisch mitgeteilt, dass wir nicht kommen sollen. Die Betten würden für Corona-Kranke gebraucht und die Infusionen könnten warten, hat man mir gesagt", flüstere ich geschwächt.

„Ja, so ist es auch. Aber bei Ihrer Tochter war das wohl ein Fehler!"

Ich halte Majas Hand und lehne mich zu ihr. Die Tränen kommen wieder und fließen still über mein Gesicht. Der Körper eines Geistes liegt hier im Bett. Gebrechlich, leer, fast durchsichtig. Ohne Kraft, ohne Lebensmut. Das knochige, weiße Gesicht kann die Krankheit nicht verleugnen. Sie reagiert nicht und ist zu beschäftigt, den Schmerz zu verdrängen. Erfolglos. Vielleicht ist es zu spät. Vielleicht wird mir jetzt zum ersten Mal bewusst, dass Maja niemals mit mir zwischen den Pfirsichbäumen laufen wird, dass sie niemals glücklich lachen und kräftig in einen Pfirsich beißen wird. Vielleicht stand ihr Schicksal von Anfang an fest. Vielleicht ist ihr eine Zukunft einfach nicht vergönnt.

Antonio

Nun ist es soweit. Vor drei Tagen wurden nicht nur Teile der Lombardei, sondern die gesamte Region abgeriegelt. Keiner kommt hinein, keiner kommt hinaus. Ab heute ist ganz Italien von einer Ausgangssperre betroffen. Der einzig triftige Grund, um sein Zuhause zu verlassen, ist ein Lebensmitteleinkauf. Oder die Arbeit, wenn man einen medizinischen Beruf hat. So wie ich. Ich schleiche durch die Krankenhausgänge. Vollgepackt wie ein Astronaut mit unvorstellbar unangenehmer Sicherheitskleidung. Medizinische Maske, Handschuhe, Gesichtsvisier, undefinierbare Kleidungsstücke, die den Virus von der Ausbreitung abhalten sollen. Ich bin darunter kaum noch zu erkennen. Mir ist, als würde ich ersticken unter diesem Zeug. Ständig verspüre ich den Drang, mir die Maske vom Gesicht reißen zu wollen, obwohl ich es eigentlich gewöhnt bin, während Operationen eine zu tragen. Mach' dich nicht lächerlich, Antonio, ertrage es still! Was tut man nicht alles für die Menschheit! Mein Blick gleitet über Ärzte, Pfleger und Patienten, und ich denke an die Stadt. Ganz Rom ist leergefegt. Wie ausgestorben. Keine Menschenseele ist auf den Straßen zu sehen. Höchstens im Supermarkt tummeln sich ein paar Leute hektisch, um die Regale leer zu kaufen. Doch wohin ist Rom verschwunden? Schlicht und einfach in die Krankenhäuser. Noch nie waren so viele Leute hier wie in dieser Zeit. Ganz Rom scheint in die Krankenhäuser zu flüchten. Es war eindeutig klar, dass es so geschehen soll. Als die Probleme mit dem Virus in China anfingen, haben sich die Europäer noch schlappgelacht. Jetzt überfällt Corona auch Europa. Und das Hauptziel des Virus scheint Italien zu sein. Wir haben einfach zu spät reagiert. Die Lombardei hätte sofort abgeriegelt werden müssen. Die Ausgangssperren kommen viel zu spät, die Krankenhäuser hätten augenblicklich ihre Kapazitäten erweitern müssen. Zu viele Menschen sind von dem Virus schon betroffen, zu viele Menschen müssen ins Krankenhaus, auf die Intensivstation, in den Sarg. Die Coronakrise beginnt erst und wir stehen schon am Limit unserer Kapazitäten. Das italienische Gesundheitssystem ist für eine derartige Pandemie nicht gerüstet. Das italienische Gesundheitssystem ist für gar nichts gerüstet. Wir werden in einer Katastrophe versinken. Ich spüre es. Andere Ärzte wirbeln nervös um mich herum. Krankenschwestern eilen von Zimmer zu Zimmer. Und ich tue es ihnen gleich. Ständig wird nach mir verlangt, ständig ruft jemand meinen Namen. Ständig werden neue Patienten in die Intensivstation geschoben. Viele Personen, besonders alte Menschen, liegen dort, viele können nicht mehr richtig atmen, schnappen verzweifelt nach Luft. Ich schließe sie an Sauerstoffgeräte an. Eine kleine Erleichterung im Todeskampf. Ihre Körper entkrampfen sich ein wenig und Sauerstoff strömt wieder durch ihre Adern. Ich lächle ihnen aufmunternd zu, doch sie reagieren selten. Die Schweißperlen fließen ihnen über den Körper, sie glühen und fühlen sich gleichzeitig dem Erfrieren so nah. Ich gebe einigen eine Infusion. Die Schmerzmittel werden helfen, die Lunge wird weniger brennen, die Glieder werden wieder leichter sein. Doch manche sind bereits lebendige Leichen, müssen an Beatmungsgeräte angehängt werden, können nicht mehr selber atmen. Eine Höllenkrankheit ist ausgebrochen. Noch nie habe ich so viele Menschen mit demselben Leiden an einem Ort gesehen. Andererseits muss man froh sein, dass es Corona und nicht Ebola ist, das die ganze Welt aufsucht. Bei Corona liegt die Sterberate zum jetzigen Zeitpunkt bei ungefähr 0,75 %. Bei Ebola beträgt sie durchschnittlich 60 %. Wir könnten uns glücklich schätzen und trotzdem scheinen die 0,75 % gigantisch, wenn man die menschlichen Opfer dahinter sieht. Plötzlich sehe ich Giulietta durch die Gänge sausen. Wie ein Wirbelwind fegt sie von Patient zu Patient und trotzdem schenkt sie jedem die Aufmerksamkeit und Zeit, die er verdient. Sie tritt aus einem der unzähligen Zimmer auf den Gang und befindet sich nun zehn Meter von mir entfernt. Ihr Anblick „entschleunigt" mich auf merkwürdige Art und Weise. Als sie meinen Blick auffängt und kurz stehen bleibt, sehe ich, dass wir uns beide erinnern. Wir schauen uns einfach nur an. Ohne es wirklich zu wissen, weiß ich, dass wir an unser Gespräch im Pausenraum denken. Es ist schon länger her und trotzdem höre ich es in unseren Köpfen schwirren. Wir wussten es. Wir wussten, dass es schlimm werden könnte. Doch wir wollten es verdrängen, nicht wahrhaben, wollten es von uns wegschieben, in der Ferne wissen. Wir wollten das Gute sehen oder zumindest das, was in dieser Zeit realschien. Unsere eigenen Probleme brauchten nicht noch mehr Leid. Jetzt stehen wir hier und starren uns an. Als könnten wir unseren Ichs in der Vergangenheit die Augen öffnen. Absurd. Sie nickt mir leicht zu, löst sich aus dem Blick und verschwindet wieder in der Menge. Ich schaue auf die Uhr und bemerke, dass der Schichtwechsel ansteht. Bevor mich noch irgendjemand rufen kann, eile ich davon. Für heute habe ich wahrlich genug geleistet. Über zwölf Stunden lang habe ich für jedes Leben hier gekämpft. Jetzt, wenn ich nach Hause gehe, ist es an der Zeit, wieder um meines zu kämpfen. Obwohl mir das nicht wirklich lieber ist. Im Gegenteil. Bei anderen weiß ich, was ihnen fehlt. Bei anderen weiß ich, was zu tun ist. Anderen kann ich helfen. Wenn es um mich selbst geht, bin ich hilflos, wie ein Käfer, der strampelnd am Rücken liegt. Ich gehe durch die Krankenhausgänge, bis ich in den Raum für die Schutzkleidung gelange. Ich befreie mich von dieser Ausrüstung, entsorge sie, setze einen frischen Mundschutz auf und verlasse das Krankenhaus. Der Wahnsinn hat unser Land erreicht, der Wahnsinn hat nun einen Namen: Corona. Doch die Welt war schon immer vom Wahnsinn befallen. Hunger, Dürre, Krieg. All das existiert schon immer, immer noch und immer wieder. Es war vor Corona erbärmlich, es ist während Corona erbärmlich und es wird danach erbärmlich sein. Doch wenn man selbst nicht betroffen davon ist, ist es ein unbedeutendes Leid. Dann ist der Wahnsinn bloß ein Wort und keine Tatsache. Jetzt, wo es allen schlecht geht und nicht nur einigen, ist die Tragik nicht zu überbieten, reden alle, wie schrecklich es sei. Das ist es auch. Und trotzdem: Keiner denkt daran, dass es schon immer tragisch war. Keiner denkt daran, dass es Zeiten gab, die noch viel tragischer waren. Nur eben nicht für uns. Es ist nun einmal grausam. Dieses Leben. Diese Welt.

Ich gehe durch die leere Stadt und bin auf dem Weg nach Hause. Der Frühling klopft sanft an die Tür. Für mich ein Hoffnungsschimmer. Obwohl doch eigentlich nichts nach Hoffnung riecht. Nun ja, ein mildes Wetter ist womöglich eine Hilfe für den Kampf gegen das Virus. Möglich, aber nicht sicher. Zumindest werden die Sonnenstrahlen einige meiner Lebensgeister wecken. Ich glaube fest daran. Es ist so still. Kein Autohupen zu hören. Kein Stimmengewirr. Nur Stille, die sich in die Unendlichkeit zu erstrecken scheint. Seltsam, unheimlich, doch irgendwie auch schön. Ganz anders als sonst. Auf einmal ertönt das schrille Klingeln meines Handys. Kurze befürchte ich, es wäre das Krankenhaus. Doch dann steht *Giorgio* auf dem Bildschirm. Ich hebe ab.

„Pronto!"

„Ciao Antonio! Wie geht's dir? Bist du noch gesund?", ruft er ins Handy.

Die Ruhe ist zu Ende.

„Ja, alles gut soweit!", versichere ich lächelnd, obwohl das Lächeln sinnlos ist.

Wem sollte ich es vorspielen? Es ist doch niemand hier, der es sehen könnte. Meine Mundwinkel fallen wieder nach unten.

„Gut, gut. Du kannst dir nicht vorstellen, was bei uns in Bergamo los ist. Der reinste Wahnsinn! Das Krankenhaus ist völlig überfüllt und es sterben so dermaßen viele Leute an dieser Krankheit. Unglaublich! Und vor allem richtig furchteinflößend! Es scheint, als hätte jeder Corona. Ich sag dir, Antonio, die halbe Nachbarschaft liegt im Spital und Signora Liuzzi, Mamas Freundin von nebenan, ist auch schon tot!"

Er klingt ziemlich aufgebracht.

„Um Gottes Willen", sage ich und schlucke entsetzt, „in Rom ist noch alles halbwegs unter Kontrolle. Wir haben zum Glück noch Kapazitäten. Trotzdem merkt man, dass die Situation nicht gewöhnlich ist. Wie geht es dir, Mama und Papa?", frage ich.

„Uns geht es noch gut. Ich hoffe, es bleibt so. Wir sind eigentlich nur zu Hause. Papa meckert zwar, aber er hält sich an die Ausgangssperre."

„Gut."

„Ja, aber weißt du, was gar nicht gut ist? Ich musste mein Restaurant zusperren und wahrscheinlich wird es auch noch eine Ewigkeit geschlossen bleiben! Antonio, das ist mein Ruin! Ich verdiene kein Geld mehr und muss trotzdem meine Angestellten bezahlen. Ich muss alle kündigen. Eine Katastrophe!", Giorgio klingt wahnsinnig verzweifelt.

Es ist auch zum Verzweifeln. Sein eigenes Restaurant in Bergamo war schon immer sein Traum. Ein Traum, den er sich erfüllen konnte, und jetzt steht er womöglich bald vor dem Nichts. Ich spüre seinen Schmerz.

„Giorgio, ich weiß, das ist schrecklich! Aber glaube mir, du wirst das schaffen. Es wird alles wieder in Ordnung kommen!"

„Wenn du das sagst", sein Ton ist spöttisch.

„Pass auf dich auf. Und auf unsere Eltern! Bleib gesund. Ich muss jetzt aufhören, ja?", erwidere ich einfach.

Ich habe keine Lust auf Spott.

„Ja, mach ich. Schau du auch auf dich! Bleib gesund und rette die Kranken!", sagt er noch.

„Klar. Ciao!"

Dann lege ich auf und schnaube. Rette die Kranken! Bin ich Jesus? Er stellt sich mein Leben wohl sehr einfach vor. Einmal über die Wunden streichen und sie sind verheilt. Keine Ahnung hat er. Manchmal macht mich sein Denken wahnsinnig. Er hält alles für selbstverständlich, wie meine ganze Familie. Einsatz und Aufopferung werden einfach nicht mehr gesehen, werden einfach nicht mehr wertgeschätzt. Ich komme bei meiner Wohnung an, ziehe die Gebäudetür auf und laufe mit großen Schritten die Stufen hinauf. Vor meiner Wohnungstür angekommen, sperre ich sie hastig auf und gehe hinein. Voller Vorfreude auf die andauernde Stille, die mich erwartet.

Amira

13. März 2020

Das weiße Licht durchflutet den Klassenraum unnatürlich stark.
Draußen hängen graue Wolken am Himmel und ich schaue aus
dem Fenster in unseren großen Schulgarten, den man eigentlich
als Wald bezeichnen kann. Das Licht im Klassenzimmer blendet mich, deshalb wandert mein Blick durch den düsteren Wald.
Meine Gedanken drehen sich um die letzten drei Tage. Es war
das reinste Narrenspiel. Hektisch, durcheinander, planlos. Vor
drei Tagen wurde verkündet, dass die österreichischen Schulen
schließen werden. Man hat es schon geahnt, nun wurde es wahr.
Heute ist der letzte Schultag. Corona hat Österreich erreicht.
Ich schüttle unbewusst den Kopf bei dem Gedanken, wende
den Blick jedoch nicht von dem Fenster ab. In zwei Tagen sollen alle Geschäfte schließen, außer den Supermärkten. Irre. Vor
einem Monat habe ich noch über Corona gelacht. Nein, sogar
noch vor zwei Wochen. Jetzt zerstört es alles, was man als Nor-
malität bezeichnen kann. Auch in Europa, auch in Österreich.
Nicht einmal, als Italien bereits unter der Coronakrise litt, nahm
ich die Gefahr ernst. Nicht einmal da glaubte ich daran, dass es
nach Österreich kommen könnte. Wie dümmlich. Als würde das
Virus vor der österreichischen Grenze haltmachen. Seitdem wir
von der Schulschließung erfahren haben, werfen die Lehrer ein
Netz aus Panik über die Schüler. Niemand darf aus dem Netz
entwischen, jeder muss die Panik bis in sein Knochenmark zu
spüren bekommen. Wie wildgewordene Pinguine watscheln sie
nervös von Klasse zu Klasse und schleudern mit Arbeitsaufträ-
gen um sich. Und wehe dir, du erledigst die Aufträge nicht alle
innerhalb eines Atemzugs! Dann, oh dann! Dann müssen wir in
den Sommerferien in die Schule und alles nachlernen, was wir
verpassen. Dann, oh dann, werden wir alle ein schweres Problem bei der Matura bekommen. Denn von Ferien, von Pause,

von Freiheit kann man nicht sprechen. Nein, wir müssen *Homeschooling* betreiben. Von zu Hause werden wir jetzt unterrichtet. So ein Unfug! Wie soll das funktionieren? Die Tatsache, dass keiner einen Schimmer davon hat, wie es aussehen wird, macht alle nervös. Schüler und Lehrer. Und die Lehrer versuchen nicht einmal Ruhe auszustrahlen. Oh Ruhe, die schöne Ruhe! Wie sehr sehne ich mich nach Ruhe! Seit drei Tagen bemächtigen sie sich der kalten und harten Hand und prügeln höchstpersönlich Angst in uns hinein, seit drei Tagen ziehen sie uns in ein Verderbnis aus Stress und Druck, da sie selbst nicht wissen, wie sie mit der neuen Situation umgehen sollen. Vorerst sind drei Wochen Schulschließung geplant. Nach den Osterferien soll alles wieder normal sein. Ich bete zu Gott, dass es so ist. Eigentlich hätte ich nichts gegen eine Schulschließung, doch die Lehrer machen mir Angst. Sie stoßen uns in einen moorigen Sumpf aus Aufträgen, in dem wir steckenbleiben. Und bald darauf werden wir immer weiter hineingezogen. In diese braune, klebrige Masse, die deinen Unterleib fest umschlingt. Man will raus, man will sich nach oben kämpfen, die Füße hinausziehen. Doch Widerstand ist sinnlos; sobald man dagegen ankämpft, wird man nur noch schneller in die Tiefe gezogen. Akzeptiere doch dein Ende! Nie im Leben hätten wir in gewöhnlichen drei Schulwochen so viel Stoff durchgenommen, wie uns jetzt bevorsteht. Und was noch beunruhigender ist: Womöglich dauert die Schulschließung länger als drei Wochen. Wir würden an Überforderung sterben. So weit darf es nicht kommen.

Innhof steht vor der Tafel und macht ebenfalls keine Anstalten, uns Mut zuzusprechen. Im Gegenteil. Er ist an Lächerlichkeit nicht zu überbieten. Ich starre ihn verwundert an. Seine dunklen Augenringe ziehen sich beinahe bis zu seinem Bauchnabel. Sein Bart kräuselt sich und mir scheint, als würde ich Essensreste darin sehen. Sein graues T-Shirt ist viel zu kurz, es sieht aus, als trüge er ein bauchfreies T-Shirt. Und er ist auch nicht dazu in der Lage, seine Hose ordentlich anzuziehen, so wie jeder normale Mensch es machen würde. Nein, sie muss ihm beinahe bis unter die Knie rutschen. Seine Unterhose kommt deutlich zum Vorschein und wenn man mit Pech überschüttet wird, muss man sogar auf seinen nackten Hintern blicken. Ekelhaft. Er ist so wunderlich.

„Leute, ich empfehle euch, euren Eltern jetzt gleich eine Nachricht zu schreiben, dass sie einkaufen gehen sollen. Sie sollen so viel kaufen, wie sie nur können. Ich weiß aus sicheren Quellen, dass man am Nachmittag nichts mehr in den Supermärkten bekommt. Alles wird ausverkauft sein!", redet er auf uns ein.

Als guter Freund will er sich aufspielen und uns liebenswürdig Insiderinformationen übermitteln. Wie gütig dieser Herr doch ist! Aber ernsthaft? Aus sicheren Quellen? Was labert er denn da? Nora und ich schauen uns verdutzt an.

Er erzählt weiter: „Ich habe Kontakte und die haben mir übermittelt, dass bald Ausgangssperren kommen sollen und man sein Zuhause nicht mehr verlassen darf. Nicht einmal zum Einkaufen!"

Oh, der Herr hat da so seine Kontakte. Auf welchem Drogentrip befindet er sich da gerade? Ausgangssperren? Geschlossene Supermärkte? Fordert er uns ernsthaft zu Hamsterkäufen auf? Dieser Mann ist wohl das Gegenteil von einem Pädagogen. Er macht mir Angst und gleichzeitig belustigt er mich. Unsicherheit strömt durch die gesamte Klasse. Wir sind schockiert und wissen nicht, ob wir dem Rat dieses Mannes folgen sollen oder ob wir ihn offiziell als irre bezeichnen können. Wo sind Stabilität und Ruhe in diesen Zeiten, die wir so bräuchten? Die Schule und die Lehrer können sie auf jeden Fall nicht bieten. Wieder einmal nicht. Wie sollte es denn auch anders sein?

Die Glocke läutet und die erste Stunde ist zu Ende. Innhof winkt uns, ruft uns mit übertrieben lieber Stimme „auf Wiedersehen" zu und verschwindet. Besser gesagt: Er watschelt davon, mit einem Gang, der mehr einer gehbehinderten Ente als einem Mann gleicht. So sonderbar wie heute war er schon lange nicht mehr. Eigentlich hatte ich mich kürzlich an sein eingeschlafenes Gesicht, seinen toten Blick und die aggressive Schreierei gewöhnt. Heute beginnt wohl die Phase des lieben, verständnisvollen Mannes, der mehr Freund als Lehrer sein will. Wankelmütig, unberechenbar, Innhof.

Der Vormittag zieht sich so dahin. Die Klasse ist laut und das Stimmgewirr verschmilzt ineinander. Ich mustere alle und begreife, wie sehr ich jeden einzelnen von ihnen schätze. Jeder scheint ein wichtiger Teil dieses Organismus zu sein, auch wenn man nicht mit jedem befreundet ist, nicht mit jedem gut auskommt und auch nicht jeder ein Sympathieträger ist. Trotzdem sind wir eine Gemeinschaft. Ob das wohl jeder hier so sieht? Wahrscheinlich nicht. Ich bin wieder zu sentimental, zu gutgläubig, zu idealistisch. Wir sind bloß Fremde, deren Wege sich kreuzen. Menschen mit ähnlichem Leid. Nora und ich lachen, haben Spaß, sind bedrückt und reden ernst. Alle Grundgefühle durchleben wir zusammen an diesem tristen Vormittag. Wir sind enttäuscht von der Welt, wütend auf die Lehrer. Normalerweise können wir uns einen bitteren Schultag versüßen: durch unsinnige Gespräche und niveauloses Herumalbern. Doch wie sollen wir nur ein Stückchen Mut zum Lernen aufbringen, wenn wir allein in unseren dunklen Zimmern sitzen? Wie bloß, wie? Ich werde Nora vermissen. Ich werde jeden aus meiner Klasse vermissen. Sogar den anstrengendsten Mitschüler. Denn jeder erinnert mich daran, dass ich nicht allein bin mit dieser stoßenden Hand.

Nora wendet sich an mich und fragt mich nach meinem Urlaub. Ja, der Urlaub. Seit Monaten hatte ich mich darauf gefreut und darauf hingearbeitet. Gran Canaria war ein Lichtblick. Normalerweise verreisen wir nie in den Osterferien. Nur für eine Woche in den Sommerferien besuchen wir das Meer und in den Semesterferien machen wir Schiurlaub in den Bergen. Urlaub ist für mich eines der wichtigsten Dinge, sozusagen ein Grund, warum ich mich durch das Jahr schleppe. Ich weiß, nicht jeder hat das Privileg, alljährlich in den Urlaub fahren zu können. Nicht jeder hat genug Geld. Ja, Urlaub ist nicht lebensnotwendig, aber ich brauche ihn doch. Ich schätze ihn. Andere wiederum fliegen vier Mal im Jahr durch die Welt, sie können ihre Reisen ständig nachholen und sagen, dass es ist nicht so schlimm ist, für eine kurze Zeit darauf zu verzichten. Für sie vielleicht nicht. Dieses Jahr haben wir auf keinen Schiurlaub gemacht, da meine Mutter mit mir in den Osterferien nach Gran Canaria fliegen wollte. Ein Frauenurlaub ohne den Vater und die kleinen Schwester. Wie ich mich gefreut habe! Umso schlimmer, dass Corona meine monatelange Vorfreude nun zunichtemacht. Bis heute in der Früh klammerte ich mich an die Hoffnung, dass Corona bis zu den Osterferien vielleicht bezwungen sein könnte, dass wir doch noch Urlaub machen könnten. Doch dann kam die Nachricht: Ab sofort gilt eine Reisewarnung für alle Länder weltweit. Für mindestens vier Wochen. Der Urlaub ist dahin. Etwas Schlimmeres konnte ich mir nicht vorstellen. Alles, wofür ich die letzten Wochen, Monate gelebt habe, ist mit einem Schlag zerbrochen. Als ich es im Radio hörte, schrie ich, weinte ich, wollte ich es nicht akzeptieren. Wie kindisch, wie verwöhnt. Man muss auch einmal auf etwas verzichten, sagte meine Mutter. Die Wut stieg in mir hoch, am liebsten hätte ich das Brot vor mir gegen die Wand geschmissen. Sie hat doch keine Ahnung, sie haben doch alle keine Ahnung! Ich verzichte doch tagtäglich! Auf mein Leben. Und wofür? Für Bildung, für Leistung. Wie sehr ich doch alle hasse. Dafür hasse, dass keiner dieses Leid sieht, dass keiner sieht, was man Schülern antut. Jetzt wird mir auch noch die Erholung genommen, die mich noch irgendwie am Leben halten sollte. Ich schüttle den Kopf und schaue in Noras hellblaue Augen.

„Nein, daraus wird nichts. Man darf aus Österreich nicht mehr heraus!", antworte ich ihr nüchtern.

„Oh nein, das tut mir leid. Ich weiß ja, wie sehr du dich gefreut hast!" Sie streicht mir aufmunternd über den Arm.

„Ja. Was soll man machen?"

Ich wende mich wieder ab und starre aus dem Fenster. Nun muss ich auf den Sommerurlaub hinarbeiten. Ich muss es wohl einfach akzeptieren. Vielleicht können wir den Urlaub auf Gran Canaria auch auf die Sommerferien oder Herbstferien verschieben. Diese Hoffnung besänftigt mich ein wenig. Solang der Sommerurlaub nicht auch ins Wasser fällt, kann man mich noch beschwichtigen. Ich lache leise auf. Das wäre noch schöner! Unvorstellbar. Das Virus wird sich doch nicht ernsthaft bis in die Sommerferien hinstrecken! Allein der Gedanke daran wirkt lächerlich. In ein paar Wochen wird alles wieder ganz normal sein, da bin ich mir sicher.

Dieser letzte Schultag neigt sich dem Ende zu. Es kehrt plötzlich Ruhe ein. Denn nun, wo es soweit ist, nun, wo die Vorbereitung zu Ende ist und man direkt in diese Zeit hineinschlittert und mitten darin ist, zerfallen die Aufregung und die Angst davor. Alle aus meiner Klasse können augenblicklich abgeholt werden, nur ich muss eine Stunde warten, bis meine Mutter kommt. Die Schulglocke läutet und alle gehen. Mit vollgepackten Schultaschen und schweren Säcken in der Hand. Schließlich müssen wir unsere gesamten Bücher und Hefte mit nach Hause nehmen. Die Klasse wird immer leerer. Einer nach dem anderen verschwindet und sagt „auf Wiedersehen". Weder wehmütig noch glücklich. Zum Schluss sind nur noch Nora und ich übrig. Doch auch sie muss gehen. Sie nimmt ihre tonnenschwere Schultasche auf den Rücken und ihren Sportbeutel, in dem weitere Mappen verstaut sind. Wir lächeln, umarmen uns und drücken uns fest.

„Wir müssen uns ganz oft schreiben", flüstert sie.

„Das machen wir!"

„Ich werde dich wahrscheinlich die ganze Zeit alles Mögliche fragen, weil ich die Aufgaben der Lehrer nicht verstehen werde", lacht sie.

„Ich werde dir wahrscheinlich auch die ganze Zeit mit Fragen auf die Nerven gehen."

Wir grinsen uns an.

„Ein Monat werden wir uns jetzt nicht sehen. Nach den drei Wochen Schulschließung sind ja gleich Osterferien", sagt Nora plötzlich.

„Stimmt."

„Aber wir können uns doch einmal zum Lernen treffen oder im Kaffeehaus frühstücken", redet sie weiter.

„Das ist verboten!", rutscht mir heftig heraus.

Ich wundere mich über meine Aussage. Treffen sind nicht verboten. Noch nicht. Trotzdem sagt mir etwas in meinem Inneren, das es zu einem Treffen nicht kommen wird.

„Blödsinn! Das kann uns doch keiner verbieten!"

Ich lächle milde.

Dann gehen wir zur Tür. Wir drücken uns noch einmal heftig und dann schleicht Nora den lichtdurchfluteten Gang entlang. Ich bleibe am Türrahmen stehen und schaue ihr hinterher. Ihre schlurfenden Schritte hallen durch das Schulgebäude. Sonst ist es ganz still. Ihr Körper wird von der schweren Schultasche und dem gefüllten Sportbeutel nach unten gezogen. Als würde er hängen und der Schwerkraft nicht mehr standhalten. Sie dreht sich um und ich winke ihr nach. Sie winkt zurück. Solange bis sie immer kleiner wird, ihr brünetter Kopf am Ende des Ganges um die Ecke verschwindet und ich allein im Türrahmen zurückbleibe. Als wäre es ein Abschied für immer. Als würden wir in den Krieg ziehen. Eine seltsame Stimmung legt sich über mich. Ich drehe mich um und gehe zurück in die Klasse. An der Tafel stehen noch einzelne, nicht zusammengehörige Wörter aus weißer Kreide. Die Pflanzen wurden alle in einen eigenen Raum zum Gießen gebracht und nun befinden sich nur noch die hässlichen Kunststoffblumen am Fensterbrett. Die gelben, grünen und schwarzen Kunststoffsessel stehen auf den Tischen und alle Kastenfächer sind leer. Nur ein loses Paar Turnschuhe wurde in ein Fach geschleudert und einzelne Religionsbücher und Zeichenschachteln sind in der Klasse verstreut. Der Raum wirkt kahl und verlassen. Einsam schleiche ich um die Tische, starre an die mit einem schwarzem Edding-Stift aufgeschriebenen Wörter an der Wand, während ich durch meine öden Gedanken krieche. Unsere Klassenlehrerin wurde heute von einem Schüler gefragt, ob sie Angst habe. Und sie sagte Ja. Anfangs nicht, doch mittlerweile schon. Sie habe schon einige Pandemien erlebt, aber noch nie war es so wie jetzt. Das beruhigte mich nicht wirklich. Es fühlt sich alles so seltsam an. So drastisch, so einschneidend, so beängstigend. Ich weiß nicht, was ich davon halten soll. Ich hatte nie Angst. Seit ich das erste Mal von Corona hörte, hatte ich nie Angst. Selbst die Schulschließungen finde ich übertrieben. Aber wer weiß? Vielleicht ist alles viel schlimmer, als es sich jetzt anfühlt. Oder vielleicht fühlt sich alles viel schlimmer an, als es jetzt ist. Als Innhof uns zu Hamsterkäufen aufforderte, war ich verunsichert, konnte mir aber einreden, dass er einfach nur irre ist. Doch als nun auch unsere Klassenlehrerin ihre Angst andeutete, verlor ich das Gefühl für „übertrieben" einerseits und „berechtigt" andererseits.

Die Stunde, in der ich allein in der Klasse saß und sinnlose Gedanken hegte, verging schnell. Ich sitze bereits im Auto meiner Mutter, neben mir der giftgrüne Stoffsack, in dem meine Schulsachen hineingestopft sind. Das Brennen meiner Wirbelsäule weitet sich auf meinen Körper aus. Den tonnenschweren Stoffsack musste ich durch die ganze Schule ziehen, das Gewicht, das ich mit meinen kraftlosen Armen mühsam hinter mir hergetragen habe, zog mich fast zu Boden. Mir wurde schlecht, so schwer war er. Zum Schluss ließ ich ihn vorsichtig die Stufen hinunterpurzeln.

Kaum war ich in das Auto eingestiegen und hatte den Sack stöhnend auf die Rückbank gehievt, erzählte ich meiner Mutter von Innhof und seinem Einkaufswahnsinn. Sie hat mich kopfschüttelnd, fast schockiert angesehen.

Nun fahren wir die Straße entlang, die links und rechts von großen Ahornbäumen umgeben ist und uns von der Schule wegführt.

„Der ist ja nicht mehr zu retten!", schimpft sie immer noch leise vor sich hin.

„Am Anfang habe ich ihn auch für verrückt erklärt, aber dann hat es mich schon irgendwie verunsichert."

„Genau solche Leute sind diejenigen, die diese ganzen Hamsterkäufe machen! Wie die Irren! Glaub' mir, Amira, wenn die Leute nicht wahnsinnig werden und nicht alles leer kaufen, ist genug für alle da", erklärt sie.

Ich nicke. Ich weiß es ja.

Meine Mutter biegt ab, zu dem nächsten Supermarkt, und fährt auf den Parkplatz.

„Wir brauchen nur ein bisschen Brot", sagt sie dabei.

„Gut, gut."

Wir steigen aus und ein kräftiger Windstoß fegt uns fast davon. Die Wolken bauschen sich am Himmel auf und färben sich langsam grau. Rasch eilen wir in das Geschäft. Die Haare fliegen uns dabei ums Gesicht. Ein paar Leute tummeln sich in dem Laden und beäugen die Lebensmittel. Mein erster Blick fällt auf die Gemüseabteilung. Kurz stockt mein Atem. Eine ganze Reihe, die normalerweise mit Tomaten, Salat und Kohl überhäuft ist, ist nun vollkommen leer. Einfach komplett leer. Ich gehe langsam weiter durch den Gang. Auch von dem Obst ist nicht mehr so viel wie gewöhnlich da. Ich gehe wieder weiter.

„Ach du heilige … Mama, schau!" Ich zeige auf den Gefrierschrank.

Früher türmten sich dort die Fleischbrocken, jetzt glänzt nur noch die metallene, kahle Ablagefläche.

„Oh, die Leute sind wirklich wahnsinnig!", entfährt es ihr.

Wir gehen weiter, schnappen uns Milch und Brot und bahnen uns dann unseren Weg zur Kasse. Dabei gehen wir durch die Hygieneabteilung, entlang an leeren Fächern. Toilettenpapier ist nirgendwo zu finden. Ich lache leise auf. In meiner Klasse haben schon einige davon erzählt. Seit gestern gibt es kein Toilettenpapier mehr, in keinem einzigen Geschäft. Zumindest in der Nähe nicht. Wie lustig. Die Leute haben Angst. Angst davor, sich den Hintern nicht mehr sauber wischen zu können. Deshalb bunkern sie sich mit Toilettenpapier ein. Natürlich. Was denken sie bloß dabei? Ich gehe weiter durch die Gänge.

„Ich glaube, so etwas hat es das letzte Mal im Zweiten Weltkrieg gegeben", höre ich meine Mutter leise hinter mir sagen.

Zweiter Weltkrieg? Bei aller Liebe, bei allem Verständnis, aber mit dem Zweitem Weltkrieg kann man dieses Narrenspiel wohl nicht vergleichen! Wir hungern nicht, wir werden nicht verfolgt und uns fliegen auch keine Bomben um die Ohren. So schlimm diese Pandemie auch ist, ein Vergleich mit dem Zweiten Weltkrieg ist unverhältnismäßig. Werden sich bald kleine elfjährige Kinder mit Anne Frank vergleichen, weil sie keine Geburtstagsparty machen dürfen? Oder werden junge Studentinnen behaupten, sie fühlen sich wie Sophie Scholl, weil sie sich gegen

Coronavirus-Maßnahmen wehren? Wo werden solche Vergleiche hinführen?

Und wieder legt sich eine Unsicherheit, eine Ratlosigkeit über mich. Es fühlt sich so an, als wären wir Teil eines Unheils, das in die Geschichte eingehen wird. Etwas Großes. Als würden wir selbst in die Geschichte eingehen. Man hört es doch jetzt schon: Wir werden mit unserer Zeit in den Geschichtsbüchern stehen! Und doch. Ich bin mir sicher, so groß, so grausam ist es nicht. Oder zumindest werden wir, die wir ein winziger Teil dieser Geschichte sind, unbedeutend wie eh und je bleiben. Man wird über uns schmunzeln und die Enkelkinder werden später sagen: „Ja, Opa, ja, Oma, wir wissen schon, Corona war ja soooo schlimm!"

Ich glaube: Wie schlimm es auch ist, wir überschätzen unsere eigene Wichtigkeit. Wir halten uns für zu bedeutsam.

Ling

Ich wünschte, ich müsste nichts mehr essen. Nur das Nötigste
schiebe ich mir in den Rachen, um mich irgendwie am Leben
zu erhalten. Ich wünschte, ich müsste nicht mehr aufstehen. Für
alles braucht man so viel Kraft. Ich wünschte, alles wäre nur ein
böser Traum. Doch erwachen werde ich daraus nicht.

Mir ist alles vergangen. Besonders lebensfroh war ich noch
nie, doch diese sinnfreie Leere, in der ich jetzt gerade sieche,
scheint eine andere Dimension zu erreichen. Der Sinn des Lebens war schon immer fraglich, doch jetzt ist er nur noch reine
Utopie. Das Corona-Chaos nimmt ein Ende. In China wohlge-
merkt, für den Rest der Welt ist es bloß der Anfang. Es verbreitet
sich wie ein Lauffeuer. China ist schon verbrannt. Chinas Seelen
sind verkohlt. Der Irrsinn hat uns in der Gefangenschaft im eigenen Hause überfallen und verändert. Doch jetzt, oh jetzt, kann
das Leben wieder besser werden. Der Irrsinn darf verschwinden. Doch wie bloß, wie? Wir dürfen langsam wieder hinaus,
frei herumgehen, alles scheint wieder Fahrt aufzunehmen. Doch
die Angst, die bleibt. Fest verankert. Man meidet die anderen
Leute, als wären sie Gift. Abstand halten! Abstand! Wir halten
bitte Abstand! Wie diese Schilder mich anschreien. Nur nicht
zu nah kommen! Was ist aus dieser Welt geworden? Was wird
aus ihr noch werden? Trotz der neuen Hoffnung, scheint alles
noch viel hoffnungsloser. Für mich, für sie, für uns. Das arme
Kind liegt hier, vor mir. In diesem weißen Bett, ganz regungslos, als könnte es bei jeder Bewegung zerbrechen. Die weiße Decke bedeckt doch nur noch ein Skelett. Seit Wochen ist meine
Tochter nun im Krankenhaus und alle Ärzte warten nur noch
auf ihr Ende. Es ist zu spät. So lange trug sie die Leukämie tapfer in ihrem Körper, so lange glaubten wir, dass sie eines Tages
verschwinden würde. Doch dann kam Corona, die Infusionen

mussten warten und die Zeit unterschrieb ihr Todesurteil. Was wäre wohl gewesen, wenn wir früher ins Krankenhaus gegangen wären? Was wäre wohl gewesen, wenn Corona nie gekommen wäre? Hätte meine Maja dann noch eine Chance? Wäre sie vielleicht bald gesund? Oder war ihr Schicksal schon bei ihrer Geburt besiegelt? Hat man einen Einfluss auf den Lauf seines Lebens? Die Gedanken drehen sich im Kreis. Ich komme auf keine Antwort. Vorsichtig halte ich ihre blasse, fast durchsichtige Hand und beuge mich zu ihr über das Bett. Seit Wochen verharre ich in dieser Haltung und bin einfach nur anwesend. Wir reden nichts. Wir haben ihr nicht gesagt, wie es um sie steht. Sie hat auch nicht danach gefragt. Ob es ihr bewusst ist? Ich weiß es nicht. Vielleicht war es ihr schon vor uns klar. Bevor Xiaolong und ich es uns eingestehen mussten. Maja liegt einfach nur noch da. Wie eine lebendige Leiche. Sie besteht auch nicht mehr auf ihre Perücke. Ihr kahler Kopf kann sie nicht mehr entehren. Alles was sie nun braucht, sind Schmerzmittel. Dann ist sie schon zufrieden. Wie genügsam man wird am Ende seines Lebens. Es ist ganz still in diesem kahlen Krankenzimmer. Nur das Herzüberwachungsgerät, an dem sie angeschlossen ist, piept im regelmäßigen Takt und schallt schrill durch den Raum. Ich spüre die Blicke der Ärzte, die hinter der verdunkelten Glasscheibe auf uns starren und uns prüfend beobachten. Man hört nichts außer dem Piepen. Es scheint, als würden Hunderte Schläuche an ihren Venen hängen. Es scheint, als würde alles in diesem Raum aus Maschinen bestehen. Nichts ist menschlich hier, nicht einmal die Menschen. Weder strahlen die Ärzte einen Hauch von Gefühlen aus noch kann ich mich von dieser monotonen Kälte befreien. Und Maja besteht sowieso nur noch aus einem Haufen aus Zellen und Knochen. Von Xiaolong als einem menschlichen Wesen kann auch keine Rede sein. Ein Monster, ein programmierter Handlanger des Systems ist er. Er ist zwar oft hier, erzählt Maja Geschichten, ist ein besorgter Vater, der die letzten Tage seiner Tochter in sich aufsaugen möchte, zur ewigen Erinnerung, doch wirklich gerührt wirkt er nie. Mein Mann kommt nur hierher, wenn ich gerade im Aufbruch bin, um mich abzulösen. Oder vielleicht komme auch ich nur hierher, wenn er gerade wieder geht. Ich weiß es nicht. Doch zusammen sind wir selten hier. Ein „Zusammen" gibt es wohl nicht mehr.

Ich streiche über Majas Hände und sehe, wie sich ihr Brustkorb schwer hebt und senkt. Ganz langsam dreht sie plötzlich den Kopf zu mir und sieht mich mit ihren dunklen Augen an. Ein schwaches Lächeln huscht über ihre kindlichen Lippen.

„Ich freue mich schon, wenn wir bei Oma und Opa sind. Dann wird alles besser." Ihre Stimme bricht und sie krächzt die heiseren Worte mühevoll aus ihrem Kehlkopf. „Die flauschigen Pfirsiche in den Händen, die vielen Bäume neben dem Haus und die Berge um uns herum. Ich sehe es schon."

Ihr Blick ruht so schwach und gleichzeitig so erbarmungslos auf mir. Ein brutaler Stich fährt mir ins Herz. Es bricht in zwei Teile. Ich will etwas sagen, doch die Worte bleiben mir im Hals stecken.

„Du hast es doch nicht vergessen, oder?", zittert ihre Stimme.

Ich schlucke schwer. Meine Nase beginnt zu kribbeln und der Kehlkopf schnürt sich zu. Ich kann nichts sagen, denn dann würde meine Stimme brechen und mein Körper finge an zu beben. Ich schlucke immer wieder, um Tränen zu vermeiden, und lasse meinen Blick durch den Raum schweifen. Sie starrt mich weiter an. Diese Stille, diese unerträgliche Stille legt sich schwer über uns und scheint sich bis in die Unendlichkeit auszudehnen. Es tut so weh. Dieser Moment tut so schrecklich weh. Ich schnappe nach Luft und fühle mich so hilflos wie noch nie.

„Nein, ich habe es nicht vergessen", antworte ich schließlich leise und zerbreche die Stille.

„Gut. Du darfst es nie vergessen!"

Sie spricht so leise, dass ich mich noch näher zu ihr beugen muss.

Ich schaue sie noch für ein paar Minuten so an, streiche zärtlich über ihr Gesicht und fange ihre mir geltenden Blicke ein. Doch dann werden diese Blicke immer schwächer und triften sanft ab. Ihr Atem wird unregelmäßig und ein bisschen lauter, als würde sie die letzte Kraft für diese Reise in sich aufsaugen. Plötzlich weiß ich, dass es soweit ist. Ich rücke näher an sie heran und mein Herz beginnt zu rasen. Unbeholfen lege ich meine Arme um sie, damit sie irgendeine Wärme fühlt, damit ich nicht so nutzlos dasitze, damit sie noch ein kleines Fünkchen Geborgenheit in dieser Welt zu spüren bekommt. Wie plump und hilflos man doch ist, wenn das eigene Kind in den eigenen Armen stirbt. Das Piepen der Herzmaschine wird unregelmäßig, ich gebe Maja einen Kuss auf den Kopf und bin ganz bei ihr. Alles um uns herum scheint still zu stehen. Auf einmal gibt es nur noch sie und mich in diesem Raum. Die Erde hat aufgehört sich zu drehen. Majas Händedruck wird immer schwächer und ich fühle wie die Kraft langsam aus ihr weicht. Langsam, aber sicher. Ich will stark bleiben und unterdrücke die aufsteigenden Tränen. Ich muss Stärke zeigen, um ihr Sicherheit zu schenken, um ihr die Angst zu nehmen. Ihr Brustkorb hebt sich. Ein letztes Mal schnappt sie nach Luft. Die letzte Anspannung weicht langsam aus ihren Muskeln. Langsam, aber sicher. Es scheint, als würde sich eine sanfte Energie aus ihrem Körper lösen und sich wie ein Windhauch in diesem Raum verteilen. Langsam, aber sicher. Ihr Körper wird plötzlich schlaff, ihr Kopf fällt leicht zur Seite und das Gerät gibt einen kreischenden Dauerton von sich. Es ist vorbei.

In diesem Moment beginnt mein Körper hemmungslos zu beben und ich schluchze unaufhaltsam. Ein Ozean aus Tränen strömt aus mir. Mein Herz verkrampft sich und ich drohe zu ersticken. Die Verzweiflung und die Trauer schreien aus mir heraus. Ich stürze mich auf sie, drücke ihre leere Hülle kräftig an meine Brust. Warum nur, warum? Wo steckt der Sinn darin? Wie unschuldig, wie lieblich sie doch war. Ich schreie und weine immer lauter. Die Geräusche, die aus meinem Mund kommen, vermischen sich zu einem traurigen, hilflosen, erbärmlichen Gebrüll. Warum tut man mir das an? Ich verliere mich. Langsam, aber sicher. Alles ist sinnlos.

Die Tür wird aufgerissen und ein paar Ärzte stürmen herein. Sie packen mich und versuchen mich wegzuzerren. Sie versuchen mich zu beruhigen. Wie eine Irre schreie ich und wehre mich und will mich aus ihren Griffen winden. Doch es ist zu spät. Wozu kämpfe ich noch? Gib dich doch einfach der Verlorenheit hin! Ich sehe nichts mehr, denn die Haare kleben in meinem Gesicht und die grellen Lampen werden immer heller. Die Umrisse des Bettes und die Umrisse von Maja darin werden immer verschwommener. Ich zerre weiter und versuche, die mich zu Boden drückenden Arme loszuwerden. Ich will zu meinem Kind! Zu Maja will ich! Dann spüre ich, wie eine Spritze aus meiner Schulter gezogen wird, und schon werden meine Glieder schwer und ich gebe mich der Schwerkraft hin. Mein Blick gleitet noch zur Tür, durch die Xiaolong geradewegs auf mich zurennt. Er stürzt sich neben mich zu Boden und nimmt mich in den Arm. Schon lange habe ich die Wärme seiner Umarmung nicht mehr zu spüren bekommen.

„Maja, Maja ist …", schluchze ich unverständlich.

Er drückt mich noch ein Stück fester an sich und ich spüre, wie seine warmen Tränen in meinen Nacken tropfen, bevor alles um mich verschwindet und das Beruhigungsmittel mich aus der Wirklichkeit treibt.

Maja ist an Leukämie gestorben, doch Corona hat sie umgebracht.

Jack

Fahles, graues Licht scheint in die dunkle Küche. Ich sitze am Tisch und starre unwillig auf dieses unverständliche Gerät. Bis jetzt habe ich diesen Laptop noch nicht allzu oft benutzt. Und wenn, dann nur, als Josh dabei war und mir geholfen hat. Aber das ist schon gefühlte hundert Jahre her. Vorsichtig klicke ich umher, immer mit der Furcht, etwas Wichtiges zu zerstören. Die Dame aus der Bank hat mir erklärt, ich solle die Sache online regeln. Im Internet würden alle Informationen zu finden sein. Zeit für ein persönliches Gespräch gibt es wohl nicht. Natürlich habe ich mich heftig beschwert und getobt wie ein Rumpelstilzchen, aber es war sinnlos. Ich sah ein, dass ich die Informationen online sogar schneller finden konnte, anstatt wochenlang auf einen persönlichen Termin zu warten. Immer weiter klicke ich mich voran. Ich hasse es. Ich hasse diesen neumodischen Kram. Internet. So etwas Dämliches. Bei jedem Klick steigt die Angst auf, etwas zerstört zu haben. Natürlich sehe ich ein, dass es zur menschlichen Entwicklung dazu gehört, neue Technik zu erfinden und zu benutzen. Aber ich möchte nichts damit zu tun haben. Ich möchte einfach, dass auch ein Leben ohne dieses Internet möglich ist. Warum muss ich mich damit abmühen? Ich schnaufe verärgert auf.

Plötzlich höre ich einen Wagen auf den Hof fahren. Die Reifen rollen über den staubigen Boden. Der Wagen hält an und die Türen werden zugeschlagen. Verwundert stehe ich auf und schaue aus dem Fenster. Vor dem Haus steht Bennys Auto und vor dem Auto steht er. Er lässt seinen Blick über die Farm schweifen und zündet sich eine Zigarette an. Ich kann es kaum glauben. Benny ist da. Hin und wieder haben wir telefoniert; er ist der Einzige, der noch mit mir spricht, aber das ist auch schon Ewigkeiten her. Letztes Mal meinte er, er hätte einige Einsätze. Meine

Stimmung hellt sich bei seinem Anblick sogleich ein bisschen auf. Ich trete wieder von dem Fenster zurück und gehe zur Tür, um ihn zu begrüßen. Ein Hauch von Überschwänglichkeit steigt in mir hoch, doch ich versuche, sie zu unterdrücken. So etwas Albernes. Sollte es nicht völlig normal sein, von seinen Kindern besucht zu werden? Mein Gesichtsausdruck normalisiert sich wieder – von dem Grinsen eines Honigkuchenpferdes zu dem gewohnten gleichgültigen Pokerface. Bevor ich die Haustür öffne, streife ich mein Hemd glatt, dann trete ich auf den Hof hinaus. Benny zieht an der Zigarette, und als er mich sieht, hebt er die Hand zum Gruß. Ich gehe auf ihn zu, er wirft die Zigarette weg und ich drücke ihn an mich, um ihm auf die Schulter zu klopfen. So eine peinliche Gefühlsduselei. Ich könnte schreien vor Freude, will es aber nicht.

„Schön, dass du da bist", sage ich bloß mit einem anerkennenden Nicken. „Was treibt dich hierher?"

Benny lehnt sich an seinen Geländewagen und streicht sich über sein rasiertes Gesicht. Es scheint, als wolle er mir etwas mitteilen, wüsste aber nicht, wie. Anscheinend ist er wirklich nicht ohne Grund hier.

„Es ist ja schon eine ganze Weile her, seitdem ich das letzte Mal hier war. Ich habe gedacht, dass es langsam Zeit wird, dir jemanden vorzustellen."

Er sagt es nicht so, als wäre es ihm unangenehm, er sagt es mit einem sehr selbstbewussten Tonfall, der mitklingen lässt, dass es wohl sinnvoll war, mir denjenigen länger verschwiegen zu haben. Man merkt, er will schnell zum Punkt kommen.

Ich stutze.

Im selben Moment geht die Beifahrertür des Geländewagens auf und eine wunderschöne Frau steigt heraus. Sie streicht sich durch ihr langes, kastanienbraunes Haar und strahlt Benny und mich mit ihren tiefblauen Augen an. Ihre Augen sind so dunkelblau wie der tiefste See. Kurz halte ich die Luft an, so umwerfend ist ihre Erscheinung.

„Oh!", entfährt es mir überwältigt.

Anscheinend hat Benny eine Freundin gefunden.

Sie geht vorne an dem Auto vorbei, um näher zu uns zu kommen und plötzlich kommt ihr kugelrunder Bauch zum Vorschein.

„Oh!", entfährt es mir noch einmal.

Bennys Freundin ist auch noch schwanger. Und anscheinend nicht erst seit gestern, sondern schon seit guten sieben Monaten, würde ich schätzen.

Die beiden grinsen sich an. Benny nimmt sie in den Arm und sagt: „Darf ich vorstellen, Papa, das ist meine Ehefrau Diana. Und wie es nur schwer zu verheimlichen ist, bekommen wir ein Baby!"

„Oh!", sage ich noch ein bisschen lauter.

Diese wunderschöne, schwangere Frau ist noch dazu nicht nur Bennys Freundin, sondern auch schon seine Frau. Ich habe wohl einiges verpasst. Ungläubig starre ich die beiden an und weiß nicht, was ich dazu sagen soll. Ich bin mehr als nur verwundert. Wenn Josh oder Luke mir so eine Nachricht aus dem Nichts verkünden würden, wäre es noch einigermaßen verständlich. Mit den beiden habe ich zu Recht keinen Kontakt. Doch dass Benny mir sein privates Glück verheimlicht, lässt sich mit meinem Weltbild nicht vereinen. Ich bin immer noch völlig fassungslos, als Diana mir ihre Hand entgegenstreckt.

„Hi, freut mich, Sie endlich kennenzulernen!", begrüßt sie mich fröhlich.

Ich lächle sie überfordert an.

„Ja, freut mich auch!", sage ich etwas zu überschwänglich und zu laut.

Ich weiß nicht, ob ich mich wirklich freuen oder stinkwütend sein soll. Mit allem hätte ich gerechnet, aber nicht damit. Mit einer einladenden Handbewegung zeige ich auf das Haus.

„Dann kommt doch bitte herein, es gibt wohl viel zu besprechen", sage ich dazu, um die aufkeimende Stille zu durchbrechen.

Ich gehe kopfschüttelnd voran und höre, wie die zwei mir nachkommen. Ein wenig verwundert bin ich dabei über mich selbst. Wie ruhig und gelassen ich bis jetzt reagiert habe. Unglaublich. Aber ich weiß auch, dass sich das wieder schnell ändern kann. Ich bin auf Bennys Erklärung gespannt.

Die zwei setzen sich an den Küchentisch und ich decke rasch Geschirr auf, schenke ihnen Kaffee ein und stelle ein paar vertrocknete Kekse dazu. Es ist ganz still. Ich setzte mich zu ihnen und schaue sie fragend an. Jetzt sollte wohl der Moment kommen, in dem sie mir die Situation ein bisschen erklären. Ich warte. Die beiden lächeln sanft und dann beginnen sie zu erzählen.

Das Gespräch dauerte Stunden und meine Fragen kamen sturzflutartig. Nun bin ich erschöpft von dem ganzen Gerede. Wir sitzen immer noch am Küchentisch und trinken schon die dritte Tasse Kaffee. Irgendwie bin ich traurig und gleichzeitig auch ein bisschen glücklich. Einerseits bricht mein Herz bei dem Gedanken, dass Benny mir so viel verschwiegen hat, andererseits bin ich froh, jetzt über alles Bescheid zu wissen. Ich bin hin- und hergerissen und kann mich nicht dazu überwinden, böse auf ihn zu sein. Er hatte schließlich seine Gründe. Und der triftigste Grund war ich. Bevor mein Kontakt zu Luke und Josh abriss, beschimpfte ich sie ständig. Es gab nichts außer Streit und Geschrei. Vielleicht macht mich Bennys Aktion nachdenklich und einsichtig. Vielleicht war ich der größte Idiot auf Erden. Vielleicht bin ich es immer noch, doch jetzt ist mir zumindest die Kraft abhanden gekommen, alles und jeden niederzuschreien. Benny wollte nicht, dass ich irgendetwas von seinem Leben mitbekam, weil er nicht wollte, dass ich mich einmische, dass ich alles schlechtrede, mich mit ihm bis aufs Blut zerstreite und nur Hass und Missmut verbreite. Bei unserem letzten Telefonat hat er dann bemerkt, dass ich ruhiger geworden bin und die Streitsucht abgenommen hat. Oder dass ich vielleicht einfach nur noch im Stillen mit mir selbst streite. Er hatte Hoffnung. Nun sitzt er hier. Drei Jahre lang ist er schon mit Diana zusammen. Vor einem Jahr haben sie geheiratet. Ganz groß sogar. Mit ihrer Familie und Bennys Brüdern. Er wollte die beiden unbedingt dabeihaben und deshalb war für mich kein Platz mehr. Es hätte nur Streit gegeben und das wollte er auf seiner Hochzeit vermeiden. Diana ist genauso alt wie Benny und sie ist Eventmanagerin. Die beiden leben in einer großen Wohnung in Houston, also ganz in der Nähe. Benny ist wahnsinnig stolz auf sein Leben. Er ist glücklich, auch wenn es ihm zu schaffen macht, dass ihn die Militäreinsätze so oft wegtreiben von zu Hause. Er liebt seinen Beruf, seine Frau und sein Kind, das in zwei Monaten auf die Welt kommen soll.

„Wie geht es dem Kind und dir eigentlich?", frage ich nach einer Weile.

„Ganz gut. Das Kind ist gesund und ich auch! Am Anfang war mir wahnsinnig übel, aber jetzt genieße ich die Schwangerschaft. Wahrscheinlich wird sich das aber bald wieder ändern, denn ich merke schon, wie schwerfällig ich langsam werde", erklärt Diana, während sie an einem vertrockneten Keks knabbert, ihn skeptisch beäugt und wieder auf ihren Teller legt.

„Wisst ihr schon, was es wird?", frage ich neugierig.

Es ist mein erstes Enkelkind und ich denke dabei an Sarah. Traurig, dass sie das Kleine nicht mehr kennenlernen kann.

„Ja, es wird ein Mädchen", verkündet Diana freudig.

Benny strahlt mit ihr mit.

„Und sie wird Mary heißen", fügt er hinzu.

Ich spüre die Rührung über mich kommen. Nie hätte ich gedacht, so emotional zu sein. Unauffällig blinzle ich, um die Tränen zu unterdrücken. Ich lächle die beiden glückselig an. Ein Mädchen namens Mary wird es also werden. Nach drei Söhnen wird mir nun eine Enkeltochter geschenkt. Es könnte nicht schöner sein. Sarah hätte getobt vor Freude.

Nach einiger Zeit stehe ich auf und zeige auf den Laptop, den ich vor Stunden auf die Seite gelegt habe.

„Es tut mir leid, aber ich muss noch etwas mit der Bank regeln. Es ist wirklich dringend", sage ich.

„Seit wann benutzt du einen Laptop?", fragt Benny verwundert.

„Glaub mir Benjamin, es ist nicht freiwillig!"

Er verzieht das Gesicht leidend, bei der Aussprache seines vollen Namens.

„Dann lass mich dir helfen!"

Er steht ebenfalls auf, schnappt sich den Laptop und setzt sich damit wieder hin. Ich fühle mich ein wenig bevormundet. Glaubt er, ich bin zu dumm, um es allein bewältigen zu können? Nur weil ich nicht komplett ausgerastet bin, heißt das nicht, dass ich sofort vergeben und vergessen kann, was er mir verheimlicht hat. Ich bin überglücklich, dass er hier ist und dass er eine Tochter bekommt, aber ich bin auch verletzt, verwirrt und fühle mich vor den Kopf gestoßen. Doch zeigen will ich ihm das nicht. Ich bin froh, dass er mir nun alles erzählt hat, dass es sich anfühlt, als wäre er wieder ein Stück näher an mich gerückt, aber seine Hilfe brauche ich deswegen noch lange nicht. Vielleicht bräuchte ich ein wenig Abstand. Den Abstand, der schon immer da war und von dem ich nie etwas bemerkt hatte. Ich mustere ihn skeptisch, während er den Laptop aufklappt und darauf herumtippt. Ein bisschen missmutig setze ich mich zu ihm. Ich will mich überhaupt nicht damit herumschlagen und schon gar nicht will ich zugeben, dass ich dafür Hilfe brauche. Er tippt und tippt, fragt, was ich denn wolle von der Bank, tippt weiter und macht alles innerhalb von zehn Minuten, wozu ich in einer Stunde nicht fähig gewesen bin. Benny weiß, so wie jeder, der mich kennt, dass ich diese Technik hasse und ein wenig dankbar bin ich schon, dass er mir seine helfende Hand reicht bei diesem Thema, doch es fühlt sich leicht erbärmlich an. Es verletzt meinen Stolz.

Plötzlich erscheinen auf der unteren Seite des Bildschirms eine ganze Reihe von Schlagzeilen. Mein Blick gleitet über die Titel.

Das Coronavirus existiert nicht. China hat Corona erfunden, um den anderen Ländern zu schaden. Corona hat Europa überfallen und lahmgelegt. Trump verbietet Europäern die Einreise in die USA. Um Corona vorzubeugen: Knoblauch essen. Tanzen gegen Corona?

Ich scrolle diese verrückten Nachrichten vorsichtig durch und lese darüber. Unter den Artikeln kommen die abstrusesten Kommentare zum Vorschein.

„Was ist denn das?", frage ich nuschelnd.

„Im Internet findet man so einige seltsame Geschichten über Corona. Aber man darf dem nicht trauen. Es ist auch viel Blödsinn dabei", sagt Benny, als wäre es das Normalste auf der Welt.

„Fake News", lacht Diana dazwischen.

„Ja und auch viele Verschwörungstheorien. Du willst gar nicht wissen, was ich schon alles im Internet gelesen habe." Benny dreht sich zu mir und schüttelt lächelnd den Kopf.

Ich hingegen bin verwirrt und verunsichert. Dieses Internet wird mir immer unheimlicher.

„Aber das Einreiseverbot für Europäer gibt es wirklich, oder?", frage ich verwundert. „Davon habe ich in den letzten Tagen schon viel gehört."

„Ja, ja, das Verbot wurde wirklich aufgestellt. Europa hat das Virus nicht ganz im Griff!"

„Du wirst schon sehen, Benny, bald wird es auch hier nach Amerika kommen", wirft Diana ein.

„Das glaub ich nicht! Die Europäer haben das einfach nicht unter Kontrolle. Bei uns würde so etwas nicht passieren", sage ich überzeugt.

Diana lächelt milde.

Ich scrolle weiter und plötzlich wird mir ein Wundermedikament gegen Corona vorgeschlagen. Ich stutze.

„Ich dachte, es gäbe dagegen kein Medikament!"

„Gibt es auch nicht! Darauf darfst du nicht reinfallen, Papa. Das ist alles Fake, was im Internet angeboten wird!"

„Das Internet ist ja noch schlimmer, als ich dachte! Keine Sorge, damit will ich sowieso nichts zu tun haben!"

Ich klappe den Laptop entschlossen zu und verstaue ihn ganz schnell wieder. Da sieht man wieder einmal, dass meine Skepsis bezüglich dieser neuen Technik und dieses Internetzeugs nicht unbegründet ist. So toll, wie alle tun, ist es scheinbar wirklich nicht. Fake News und Verschwörungstheorien und ständig über alles und jeden Bescheid wissen zu wollen, nur damit man mit Fake-Produkten getäuscht und abgezockt wird? Nein danke! Da bleibe ich lieber der alte, unmoderne Sack, der mit seinen Rindern im letzten Jahrhundert lebt.

Antonio

20. März 2020

Ich blättere die Krankenakten durch. In diesem kurzen Moment der Ruhe in meinem Büro will ich wissen, wie es um einige Patienten steht, die sich von dem Virus in den letzten Tagen gut erholt haben und aus der Intensivstation entlassen werden konnten. Kurz überlege ich. Weder habe ich etwas von ihnen gehört noch habe ich sie gesehen. Ein leichtes Lächeln huscht über meine Lippen. Ein gutes Zeichen? Wahrscheinlich sind sie bereits zu Hause. Meine Finger schweben schon freudig über die tausend Zettel und ich blättere immer weiter, um die Namen der hoffnungsvollen Patienten zu suchen. Mein Blick fliegt über das Papier, als ich den ersten gefunden habe und da fährt mir plötzlich der Schreck in die Glieder. Es fühlt sich so an, als hätte mein Herz kurz ausgesetzt, denn da steht einfach nur: Verstorben. Ich starre dieses Wort an, in der Hoffnung, es würde sich einfach auflösen. Ich starre einfach nur darauf, weil ich es nicht glauben kann, weil es keinen Sinn ergibt. Die erblühte Hoffnung zerbricht in tausend Scherben und mit ihr mein Herz. Das darf einfach nicht wahr sein! Ich starre weiter vor mich hin, als hätte ich einen Geist gesehen. Verwirrt schüttle ich den Kopf und blättere weiter durch die Akte, suche gedämpft den zweiten Patienten. Doch auch dieser Zettel schlägt mich hart auf den Boden nieder. Verstorben.

Nein! Völlig unmöglich. Aufgewühlt, fast verzweifelt fege ich weiter durch die Akten. Die Hektik reißt so manche Blätter ein, doch das kümmert mich nicht weiter. Ich werfe die Zettel nur so um mich, voller Wut und voller Panik. Den dritten Patienten finde ich nicht. Wo ist das Arschloch, wo ist es? Und plötzlich halte ich das zerknitterte Blatt in der Hand: Verstorben. Einfach tot. Der Schock zieht sich durch mein Knochenmark, ich erstarre. Dann lasse ich das Blatt los und es gleitet federleicht aus meinen Händen auf den Boden. Beinahe versteinert lehne ich mich zurück in den Stuhl. Wie kann so etwas geschehen? Mein letztes Verständnis für die Welt geht verloren und sie hört einfach auf, sich zu drehen. Gerade eben noch habe ich mit meinen eigenen Augen gesehen, dass sich diese Patienten langsam wieder der Gesundheit näherten und jetzt? Alle tot. Ich war mir sicher. Meine Kollegen waren sich sicher. Alle waren sich sicher, dass diese drei Personen den Kampf gegen das Virus schon so gut wie gewonnen hatten. Wie kann man sich so irren? Es fühlt sich an, als würde ein Pfeil durch mein Herz schießen. Schnell und präzise, leicht und elegant. Voller Schmerz. Ich will es nicht glauben. Ist dieser Kampf wirklich so sinnlos? Meine Augen schließen sich und ich schlage die Hände über mein Gesicht zusammen. Langsam versinke ich in den Krankenakten und in meinen eigenen leidvollen Gedanken. Wie hilflos wir doch alle sind!

In diesem Moment wird die Tür aufgerissen. Genervt öffne ich ganz langsam die Augen und sehe Giulietta verschwommen im Türrahmen stehen, wie sie verdutzt durch den Raum blickt. Ihr Blick bleibt bei mir hängen.

„Was ist denn hier passiert?", fragt sie und zeigt auf die Blätter, die am Boden liegen.

Ich starre sie genauso dämlich an wie sie mich und antworte nicht. Jetzt gerade, in diesem Augenblick, will ich alles außer reden. Mein Büro, meine toten Patienten, meine Wutanfälle.

„Was wollen Sie?", frage ich zurück. Unfreundlicher als sonst, direkter als sonst.

Man erkennt an ihrem verwirrten Kopfschütteln, dass mein ungewohnter Tonfall sie getroffen hat.

„Wir brauchen Sie!" Sie zeigt aus dem Büro: „Es geht um die Beatmungsgeräte!"

„Oh nein!" Ich greife mir verzweifelt auf den Kopf, denn ich weiß bereits, was damit gemeint ist. Es ist nichts Neues.

Ihr Blick ist leidend und voller Gefühl. Auch wenn man unter der ganzen Schutzkleidung den Menschen kaum dahinter erkennt, sehe ich den Schmerz in ihren Augen.

Ich stehe auf und setze die Maske wieder auf, um ihr zu folgen. Doch sie blickt weiter auf die Zettel am Boden.

„Das räume ich später auf. Zeigen Sie mir, wo die Patienten sind?"

„Ja." Sie wirkt, als hätte ich sie aus ihren Gedanken gerissen: „Folgen Sie mir bitte!"

Wir gehen durch die langen Krankenhausgänge und es erinnert mich an damals, als ich ihr durch die Gänge nachgerannt bin, um zu dem mandeloperierten Mädchen zu kommen. Nur dieses Mal laufen wir nicht. Wir gehen langsam, als würden wir nicht am Ziel ankommen wollen. Andere Ärzte schlängeln sich ungeduldig an uns vorbei, andere Krankenschwestern schieben Patientenbetten durch die Gänge. Und wir schreiten, wie in Zeitlupe.

Meine Kehle verengt sich und mein Puls wird schneller, als sie mich in die Intensivstation zu zwei Betten führt. Dort steht eine andere Krankenschwester, die auf die beiden Patienten zeigt und mir die Krankheitsverläufe erklärt. Das Virus hat beide schwer getroffen. Die Frau ist 83 Jahre alt und wird seit ein paar Tagen künstlich beatmet, der Mann ist 60 Jahre und benötigt nun auch dringend eine Beatmungshilfe. Wir haben nicht mehr genügend Beatmungsgeräte und das bedeutet, dass einer der beiden ohne eines sterben wird. Es liegt an mir, zu entscheiden, wer von den beiden. Wer hat bessere Chancen, die Erkrankung mit Beatmungsgerät zu überstehen, wer hat es verdient, weiterzuleben? Die Frau ist nicht bei Bewusstsein, man sieht nur, wie die Maschine ihren Körper hebt und senkt. Der Mann röchelt im Schlaf leise vor sich hin.

Giulietta drückt mir die Krankenakten der beiden in die Hände und ich überfliege sie kurz. Mir wird schwer ums Herz. Es ist unmenschlich, so etwas entscheiden zu müssen. Leben gegen Leben abwägen. Aber medizinisch ist es eindeutig, auch wenn es hart ist. Ich atme schwerfällig ein.

„Geben Sie Signore Rizzo das Beatmungsgerät! Er hat bessere Chancen."

Giulietta und die andere Krankenschwester nicken stumm. Mein Blick fällt noch ein letztes Mal auf die alte Frau. Das ist wohl ihr Todesurteil. Wie friedlich und unschuldig sie hier liegt. Schwerfällig drehe ich mich um und stocke, denn ich fange dabei Giuliettas Blick ein. Mir ist, als würde ich in ihren glänzenden Augen alles erkennen. Die gesamten Gefühle dieser Welt in ihr vereint, die tiefe Verletzung ihrer Seele, die diese Zeit in ihr auslöst. Als würde ich in einen Spiegel schauen, sehe ich in ihr in diesem kurzen Moment das, was mir tagtäglich die Kehle zuschnürt, mich zu Boden drückt und meinen ganzen Körper mit sinnlosen Gefühlen durchflutet. Ich schlucke schwer. Mein Atem setzt aus und mein Herz macht einen Sprung. Schnell schaue ich auf die Seite, denn dieses komische Gefühl, das in mir aufsteigt, trifft mich in diesem Augenblick unerwartet hart. Ich kann dem nicht standhalten, ich drehe mich um und gehe mit schnellen Schritten weg. Einfach ganz weit weg. So weit weg wie möglich. Die Gänge scheinen immer länger zu werden und ich gehe sie alle entlang und habe keinen Plan, wohin. Hauptsache weg, einfach dorthin, wo diese Gefühle ein Ende nehmen. Einmal durch das ganze Krankenhaus, unter den hellen, grellen Lampen. Es wirkt, als wären sie absichtlich so hell, als würden sie ihr Bestes geben, damit ich erblinde. Die Geräusche um mich verschwimmen zu einem einzelnen Rauschen, als würde ich in einer Blase durch angehaltene Zeit schweben. Ich wünschte, ich würde endlich ankommen. Dort ankommen, wo ich bleiben kann, wo ich helfen kann, wo alles ein bisschen Sinn macht. Früher musste ich mir eingestehen, dass ich den Flüchtlingen nicht helfen konnte. Welch Schmerz ich in ihren Augen sah, welch ekelhafte Stimmen ich hörte, die sie davonschreien wollten, welch Hoffnung zerbrach, als sie das Paradies Europa betreten haben! Jetzt muss ich begreifen, dass dieses Paradies von einer Krankheit zerschlagen wird, dass ich einer von jenen bin, die Leben gegen Leben abwägen müssen. Einfach, weil man nicht jedes Leben retten kann. Mein Kiefer spannt sich an, verkrampft sich unaufhaltsam. Jede Sekunde könnte er brechen. Mein Blick schweift ab, die Beine tragen mich davon, ohne dass ich irgendetwas davon mitbekomme, ohne dass ich sie steuern könnte. Doch die Gänge nehmen kein Ende. Irgendwann stehe ich wieder dort, wo ich losgegangen bin. Es wird nie enden, es ist ein ewiger Kreislauf. Dieser Schmerz wird mir immer hinterherjagen, ich werde ihn immer in mir tragen. Dieser unbeschreibliche Schmerz, der nicht versteht, warum sich die Welt nicht zu einem besseren Ort wandeln kann. Dieser Weltschmerz.

Ich stehe wieder vor der Intensivstation und starre leer vor mich hin. Es fühlt sich so an, als würde ich Stunden so verharren. Tausende scheinen an mir vorbeizugehen, keiner scheint etwas zu bemerken. Plötzlich wird ein Bett auf mich zugeschoben. Ein alter Mann liegt darauf, sichtlich gezeichnet. Man kann das Virus beinahe in seinem Körper spüren, wie es ihn langsam auffrisst. Neben den Sanitätern läuft eine kleine, alte Frau. Sie sehen mich alle so an, als würden sie erwarten, dass ich den neuen Patienten mit offenen Armen empfangen würde, als müsste ich auf die Seite springen und den Weg zur Intensivstation frei machen.

„Was machen Sie denn hier?", richte ich die Frage an die alte Frau.

Niemand, außer Patienten und Krankenhauspersonal, darf das Krankenhaus betreten.

„Mein Mann, das ist mein Mann." Sie zeigt auf den Patienten, „ich muss doch bei ihm sein!"

Ich schüttle den Kopf, doch es gilt nicht der Frau, sondern den Sanitätern.

„Wie alt ist denn Ihr Mann?", frage ich sie weiter.

„85", schluchzt sie.

Einer der Sanitäter schüttelt bloß den Kopf und flüstert mir leise zu, dass es schlecht um ihn stehe. Langer, schwerer Verlauf, kaum Hoffnung.

„Warum sind Sie dann hier? Sie wissen doch, dass wir keinen Platz mehr haben. Die Intensivstation ist überfüllt. Wir können niemanden mehr aufnehmen", murmle ich zurück.

Mein Herz reißt immer weiter ein, doch zeigen kann ich es nicht. Mein Ton wirkt kalt: „Es tut mir schrecklich leid, aber wir müssen Sie wieder zurück nach Hause schicken. Wir können niemanden mehr aufnehmen!"

Der alten Frau entgleisen die Gesichtszüge.

„Aber dann wird er sterben!", ruft sie mir verzweifelt ins Gesicht.

„Ja."

Ich höre das Brechen ihres Herzes, ich sehe, wie jede Hoffnung aus ihr weicht. Die Sanitäter begreifen schnell und nicken betroffen. Der Ausdruck dieser entsetzten Gesichter wird mich wohl auf ewig verfolgen. Stiller kann die Stille gar nicht sein, die sich nun ausbreitet.

„Wir können leider nichts mehr machen für Ihren Mann", sage ich mit gesenkter Stimme, dann drehe ich mich nochmals zu den Sanitätern und sage: „Bringen Sie die beiden bitte nach Hause!"

Und in diesem Moment bricht alles zusammen. Die ganze Welt scheint zu kollabieren. Die Frau stürzt sich schluchzend auf ihren Mann im Krankenbett. Sie weint und schreit und weint und schreit. Diese unaufhörliche Trauer überschwemmt das ganze Krankenhaus, jeder scheint den Kopf zu heben und plötzlich mit ihr zu weinen, jeder fühlt, was sie fühlt. Dieser tief bewegende Augenblick nimmt allen den Atem. Die Sanitäter schieben die Frau und ihren Mann schnell weg, weg von der Station, weg von dem Krankenhaus, weg aus dem Leben. Doch diese Schreie und dieses traurige Weinen bleiben. Ich kann sie immer noch hören, sie wollen nicht verschwinden. Sie breiten sich in meinem Hirn aus und nisten sich ein. Ich hebe vorsichtig den Kopf, um zu sehen, ob es den anderen auch so geht, doch alle machen weiter wie zuvor. Ich bin der Einzige, der es immer noch hört. Und auf einmal sehe ich sie wieder in der Ferne. Sie steht an der Ecke und ihr Blick ruht auf mir. Und wieder sind ihre Augen ein Spiegel meiner Gefühle. Wie lang kann ich das noch ertragen? Ich bin zerrissen, bring mich weg! Dieser unscheinbare Moment bringt mich immer mehr aus der Fassung. Und da fangen meine Beine wieder zu laufen an. Schneller und schneller, bis ich beinahe meine Bürotür niederlaufe. Mit einem lauten Knall schlage ich sie hinter mir zu und stolpere über die unzähligen Blätter, die immer noch am Boden verstreut sind. Es wird ganz ruhig und die Stille hier verstärkt die Schreie und das Weinen in meinem Kopf nur noch mehr. Es wird immer lauter. Es wird alles zu viel. Verzweifelt reiße ich mir die Schutzausrüstung vom Leib und schlage auf meinen Schädel ein. Ohne es zu merken, liege ich kurz darauf selbst am Boden, unter den vielen Zetteln, und schreie mit den Schreien in meinem Kopf mit. Lauter und lauter, bis ich sie übertöne. Langsam verliere ich die Kontrolle über meinen bebenden Körper und über mich. Die Hilfeschreie werden immer schriller, das Weinen vermischt sich mit einem jämmerlichen Brüllen. Ich schlage weiter und weiter auf mich ein, doch das Weinen der Frau will nicht verschwinden, die Gesichter der totgeweihten Patienten tauchen immer öfter vor meinem inneren Auge auf und dieser Schmerz lässt mich hilflos zurück. Millionen Tränen fließen an meinen Wangen herab und tränken den Teppich, auf dem ich liegen bleibe. Millionen Tränen, die heiß und kalt zugleich sind, überschwemmen meine Hände bei dem Versuch, sie zu trocknen. Millionen Tränen, die süß und salzig zugleich sind, tropfen auf meine Lippen und zeigen mir, wie Schmerz schmeckt. Ich habe mich verloren. Endgültig verloren. Wo bin ich bloß geblieben? Wie ein Häufchen Elend liege ich am Boden und gebe mich der Verzweiflung hin. Wie ein Häufchen Elend bade ich in dem, was ich Weltschmerz nenne.

Hinter mir wird plötzlich die Tür leise geöffnet und Schritte treten herein. Doch ich bleibe mit geschlossenen Augen liegen. Nun ist alles zu spät. Ich höre, wie jemand ganz vorsichtig die unzähligen Blätter vom Boden aufhebt und in eine Mappe einordnet. Jede Bewegung wird mit einer solchen Vorsicht und Eleganz ausgeführt, dass ich plötzlich genau weiß, wer es ist. Beschämt setze ich mich auf und lasse meinen Blick gesenkt. Dann krieche ich zu der weißen Wand und lehne mich dagegen. Sie kommt schweigend auf mich zu und setzt sich neben mich. Ohne auch nur eine Sekunde an den Sicherheitsabstand zu denken, nimmt Giulietta mich in den Arm. Die Schreie verstummen plötzlich, doch die Tränen fließen weiter. Wie erbärmlich man sein kann. Was sie sich bloß denken mag? Ewigkeiten sitzen wir einfach nur so da und baden zusammen in meinem Leid. Ganz langsam löst es sich von mir und durchströmt den Raum wie eine unsichtbare Energie. Meine kleine persönliche Befreiung.

Auf einmal bricht sie die unüberhörbare Stille und beginnt zu erzählen. Sie erzählt von dem Schmerz, den sie tagtäglich in meinen Augen sieht, sie erzählt davon, dass sie meine Geschichte kennt, sie erzählt von den totgeweihten Menschen, die ihr tagtäglich das Herz zerreißen, sie erzählt von der Ungerechtigkeit ihres unterbezahlten Jobs. Sie erzählt von der Lächerlichkeit der Leute, die sie als Heldin der Coronakrise bezeichnen, die behaupten, dass jetzt klar wird, welche Berufe mehr Ehre verdienen. Sie erzählt davon, dass sie wütend ist, dass ihr Verdienst nie geschätzt wurde und nun heiliggesprochen wird. Sie erzählt, dass sich die Leute den täglichen Applaus, der für die *Helden* gedacht ist und von den Balkonen und Fenstern der Städte prasselt, sonst wohin stecken können. Sie wolle keinen Applaus, sie wolle anständige Bezahlung. Sie erzählt davon, dass sie es nicht mehr hören könne, dass die Coronakrise auch ihre guten Seiten habe und danach eine neue, bessere Weltordnung entstehen würde. Sie erzählt davon, dass die Welt schon immer grausam war, jetzt grausam ist und immer grausam sein wird. Sie erzählt vom Weltschmerz.

Und ich höre zu und höre in ihren Worten zum ersten Mal in meinem Leben Verständnis für meine unergründliche Trauer. Ihre Umarmung löst zum ersten Mal seit langem Wärme in mir aus und jedes Mal, wenn mein beschämter Blick sie streift, wird sie immer schöner. Auch wenn ich verlorener nicht sein könnte, gibt sie mir ein unbeschreibliches Gefühl, nach dem ich mich so lange gesehnt habe. Auch wenn ich erbärmlich – mit Tränen übergossen und zusammengekauert – am Boden sitze, fühlt sich der Schmerz plötzlich gut an. Irgendwie erlösend.

Amira

26. März 2020

Das Licht der Sonne strahlt sanft durch die Wipfel der Bäume
und ich gehe den Waldweg entlang. Der Geruch von sprießen-
den Blättern und frischer Erde steigt in meine Nase. Die kühle Waldluft streift über die winzigen Schweißperlen auf meiner
Haut. Ich gehe allein spazieren, allein spazieren gehe ich sonst
nie. Heute ist anders. Keine Sekunde halte ich es noch länger in
meinen vier Wänden aus, in denen plötzlich keine Stille mehr
einkehrt. Immer schleicht jemand um mich herum. Schrecklich.
Seitdem wir alle zu Hause bleiben müssen, ist es grausam laut,
fühle ich mich grausam beengt, obwohl es nicht eng ist. Doch
ich habe bemerkt, wie sehr ich das Alleinsein brauche, wie sehr
ich von der Stille lebe, um mich nicht beengt zu fühlen. Manchmal ist die Stille mein Raum, in dem ich mich unbemerkt ent-
falten kann. Stille, die nun unmöglich ist. Stille, in der ich keine
Schritte und keine fremden Atemzüge, sondern nur meine eigenen Gedanken höre. Zumindest für ein paar Minuten am Tag.
Der Wind rauscht durch die Baumwipfel und winzige Äste zerbrechen unter mir. Endlich höre ich keine Menschenseele mehr.
Endlich höre ich nur noch die Natur und mich. Wie befreiend.
Und trotzdem kehre ich nicht ganz in die Stille ein, denn meine
tausend Gedanken, die ich nun endlich wieder hören kann, rasen
durch mein Gehirn. Seitdem Corona uns erreicht hat, wir uns
in unseren Häusern verbarrikadieren und unser Land fast still-
steht, wollen alle die positiven Aspekte aufzeigen, reden alle von
der „Entschleunigung" der Gesellschaft und ähnlichem Zeug.
Alle werden ganz ruhig, alle finden zu sich selbst. Außer jene,
die gerade ihre Existenz verlieren. Außer jene, denen tagtäglich
das Gefühl gegeben wird, dass sie weltbewegende Bildung verpassen und eine schwere Zukunft vor sich haben. Während alle
eingesperrt zu ihrer Mitte finden zu scheinen, durchlebe ich

beinahe stündlich einen kleinen, unscheinbaren Nervenzusammenbruch. Die neue App, mit der wir unterrichtet werden sollen, treibt mich in den Wahnsinn und die Aufträge der Lehrer werden immer mehr.

Manchmal könnte ich kotzen vor Wut und Hass. Unbeschreibliche Wut, die sich nicht ganz sicher ist, gegen wen oder was sie sich richten soll. Gegen das Bildungssystem und die Lehrer? Sie scheinen die einzig Verantwortlichen für diese Überforderung zu sein. Warum sind sie so unaufhörlich fordernd und besessen? Warum quälen sie uns? Warum nehmen sie keine Rücksicht, warum nehmen sie alles so schrecklich ernst? Wie unmenschlich doch alles ist. Sie sollen uns klug machen und uns nicht mit Bildung labil schlagen. Macht dieses Schulsystem im Allgemeinen Sinn? Es gibt doch nur ein einziges Hauptfach: Die dunkelkalte Hand im Rücken. Wahrscheinlich ist es sogar wahr, dass Kinder nicht freiwillig etwas lernen, wenn sie nicht durch Druck und Noten dazu gezwungen werden. Aber es geht doch darum, dass das gesunde Maß an Leistungsdruck von Tag zu Tag überschritten wird. Eine Suppe lebt schließlich auch von der Prise Salz darin, schüttet man hingegen ein Kilo Salz hinein, ist es einfach nur noch ekelhaft. Wir müssen pures Salz hinunterwürgen. Kein Mensch kann sich die letzten zwei Monate vor der Zeugnisvergabe vorstellen. Jede Woche eine Klassenarbeit, dazwischen noch ein paar kleine Tests, Lernzielkontrollen oder Referate. Kein Mensch kann sich die Ansprüche vorstellen, die gestellt werden und an denen man sich leer arbeitet, bis man am Ende kraftlos und geschunden zurückbleibt. Absolut niemand weiß, wie viel Angst die Lehrer vor der Matura erzeugen, wenn er nicht selbst in einem Klassenraum sitzt. Bildung ist gut, Bildung ist wichtig. Bildung ist die Grundlage für alles, doch oft macht sie verzweifelt und löst Angst aus. Und da höre ich schon wieder die Stimmen rufen, was ich mir denn vom Leben vorstelle, was ich denn glaube, wie das echte Arbeitsleben ablaufen würde? Da gehe es doch auch um Leistung und wenn man dem nicht standhalten kann, ist man für diese Welt nicht gemacht! Aber ist das nicht der Punkt? Wenn von Beginn an nur die Leistung zählt, wird sich dieses Leistungsdenken für immer durch alle Bereiche des Lebens ziehen. Sollten nicht auch Gemeinschaftsdenken, Kreativität und Persönlichkeitsentwicklung gefördert werden? Irgendwo muss man doch anfangen, etwas zu ändern. Zumindest versuchen, etwas zu ändern. Damit dieser Leistungswahnsinn unserer Welt endlich zu bremsen beginnt. In allen Bereichen. Zumindest ein bisschen.

Also, ich flehe um eine Antwort! Irgendjemand, kann mir irgendjemand sagen, wie man zur „Entschleunigung" finden soll, wenn der Stress einfach nur in einer anderen, ungewohnten Gestalt anklopft? Bis jetzt kann ich nichts Positives an dieser Pandemie erkennen. Rein gar nichts. Ich werde immer unruhiger und versuche, die Gedanken abzustoßen. Doch plötzlich legt sich ein eisiges Gefühl auf meinen Rücken. Es schiebt mich an, es stößt mich vorwärts. Zuerst sanft, dann immer schmerzvoller. Es will nicht, dass ich bloß durch den Nachmittag schlendere, es will Tempo sehen. Ich stolpere über Waldwurzeln, will der Hand entkommen, die sich in mein Fleisch presst und mich antreibt. Ich werde schneller, laufe weiter in den dunklen Wald hinein, höre mein eigenes Schnaufen, fühle das Brennen in meiner Lunge und das Ziehen in meinen Beinen. Ich weiß nicht mehr, wo ich bin, will der Kälte auf meinem Rücken einfach nur entkommen, doch egal, wie schnell ich auch werde, die Hand ist mindestens genauso schnell und drückt mich nur noch mehr in die Dunkelheit. Wie lang will sie mich noch jagen, wie dunkel soll der Wald noch werden? Ohne einen weiteren Gedanken daran zu verschwenden, was passieren könnte, bleibe ich abrupt stehen und drehe mich um, um nach der Hand zu greifen, um sie wegzuschlagen. Doch plötzlich ist sie verschwunden. Der Druck in meinem Rücken löst sich in nichts auf. Röchelnd, aber erleichtert, lasse ich mich auf den weichen Boden fallen. Ich atme heftig ein und die Waldluft strömt durch meine brennenden Lungenflügel. Kein einziger Gedanke schwirrt mehr in der Luft. Befreiende Stille legt sich über mich wie eine wärmende Decke. Nur das Zwitschern der Vögel und das Tanzen der Nadeläste sind noch zu hören.

Der Weg aus dem Tann führt auf eine leere Kuhweide, die sich über mehrere Hügel streckt. Die Sonne geht langsam hinter den Bergen unter und die Luft wird kühler. Mein Blick fällt ins Tal, auf meine kleine Heimatstadt. Wie froh ich bin, am Rande einer kleinen Stadt zu leben, die schon mehr dem Land gleicht. Hier kann man sich herumschleichen, ohne einer Menschenseele zu begegnen. Während der Pandemie wird plötzlich ganz klar, wie schön und wie sicher das Landleben ist. Vielleicht doch etwas Positives. Vielleicht wünsche ich mir jetzt zum ersten Mal, noch abgelegener zu leben. In der Stadt befinden sich alle Menschen auf einem Haufen und die Enge verliert plötzlich ihre Gemütlichkeit. Ich hingegen kann durch endlose Wälder und über weite Felder laufen und hin und wieder sehe ich eine Gestalt in der Ferne vorbeihuschen. Ich habe bereits die Spitze des Hügels erreicht und meine schwarzen Haare kleben noch von der Flucht an meiner Stirn. Mit einem erschöpften Stöhnen lasse ich mich auf die Bank fallen, die hier einsam und verlassen steht, und schaue auf die leere Weide und die dahinter emporragenden Berge. Im Tal sind die bunten Farben der Stadt Bad Ischl zu sehen. Wie friedlich sie leuchten. Kurz fühlt es sich so an, als wäre alles in bester Ordnung. Als hätte ich nach meiner Flucht den schönsten Ort der Welt erreicht, als könnte ich den Moment einfach aufsaugen. Die Sonnenstrahlen färben sich orange und bringen die Weide vor mir und den Wald hinter mir sanft zum Leuchten. Langsam wandelt sich das Leuchten zu einem Glühen, so als ob das zarte Flackern von tausend Flammen über den Himmel und die Erde streichen würde. Und als meine Welt für einen Moment in Flammen steht, legt sich dieses bekannte Gefühl wieder über mich. Dieses Gefühl, das mit einer solchen tiefen Trauer über die Unzulänglichkeit dieser Welt gefüllt ist und mein Herz wie ein Blatt Papier in der Mitte zerreißt. Es flüstert mir zu, dass ich womöglich nicht für diese Welt geschaffen bin, dass ich meinen Platz nie finden werde. Und gleichzeitig begreift diese Trauer die Schönheit dieser Welt, die so nah und doch so unerreichbar scheint. Dieses unbeschreibliche Gefühl, das so schrecklich und gleichzeitig so wunderbar ist. Es ist ein unverständlicher Genuss, die Trauer an der Welt durch seinen ganzen Körper fließen zu spüren. Es ist die Freude am Leid. Ich kann nicht aufhören, darin zu baden, denn es ist so unglaublich befreiend, so zu fühlen. Zu fühlen, dass es schön wäre, wenn es nicht so schrecklich wäre. Dieses grausame Gefühl ist pure Erlösung. Es ist nicht irgendeine depressive Stimmung, es ist eine Melancholie, die mich ein Stückchen näher zur Unendlichkeit führt. Andere, die nichts davon verstehen, würden es vielleicht Selbstmitleid nennen. *Weltschmerz* klingt jedoch um einiges besser und so nenne ich dieses wundersame Gefühl *Weltschmerz*. Schon damals schrieben Dichter über dieses eigenartige Gefühl, schon damals war dieses wunderbar ermüdende Gefühl ein Teil dieser Welt. Liebeskummer, unerfüllte Zukunftswünsche, stille Unterdrückung. Doch heute wird es vergessen, obwohl es immer noch und für immer existiert. Nur aus anderen Gründen. Weltschmerz, ein Begriff geprägt von Jean Paul, ist *die seelische Grundstimmung prägender Schmerz, Traurigkeit, Leiden an der Welt und ihrer Unzulänglichkeit im Hinblick auf eigene Wünsche und Erwartungen*, erklärt der Duden. Doch hinter den Worten steckt so vieles mehr. Man muss es fühlen, man kann es nur schwer beschreiben. Dieses Gefühl, das mich immer und immer wieder überfällt.

Ling

30. März 2020

Draußen nimmt das Leben seinen Lauf. Menschenmassen wälzen sich durch die Straßen mit Masken und gehörigem Sicherheitsabstand und die Autos jagen wieder ihre Abgase in die Atmosphäre. Vor kurzem noch war die Luft in Peking so sauber wie noch nie und man konnte sogar das Blau des Himmels sehen. Doch jetzt legt sich der Smog wieder über die Dächer der Stadt. Draußen scheint China neu anzufangen. Doch innen drin, in meinen vier Wänden und in meiner Seele, scheint alles aus zu sein. Kein Neuanfang, keine Zukunft in Sicht, alles tot. Die blassen Sonnenstrahlen lassen den Staub sichtbar durch den Raum tanzen. Es ist so still, ich kann die schwebenden Bewegungen der Teilchen beinahe hören. Wie ein Häufchen Elend sitze ich am Küchentisch und starre das Wasserglas in meinen Händen an. Schrecklicher Durst quält mich, denn letzte Nacht habe ich jeden Wassertropfen aus meinem Körper geweint. Und doch kann ich nicht trinken. Ich kann einfach nicht, ich kann das Glas nicht heben, ich schaffe es einfach nicht. Müde verfolge ich die Kohlensäurebläschen, wie sie an die Wasseroberfläche schießen. Voller Energie. Hätte ich doch auch diese Energie. Wenigstens ein Fünkchen davon. Vorsichtig nehme ich das Glas und führe es zu meinem Ohr. Wie schön das Geräusch des gleichmäßigen Sprudelns doch ist. Es klingt so lebendig. Ich stelle das Glas wieder ab und trinke nicht. Seit einigen Tagen breche ich bewusst Chinas soziale Regeln und das ist erschreckenderweise das Einzige, was mir ein bisschen Freude bereitet. Rote Ampeln ignoriere ich gekonnt. Ich kaufe auch regelmäßig übermäßig viel Alkohol ein und zwar nur für das befriedigende Gefühl der Provokation und mit dem Wissen, dabei gefilmt zu werden. Die Folgen kümmern mich nicht, was sollte mich jetzt noch kümmern? Alles ist so egal geworden.

Plötzlich höre ich das leise Knarren der Schlafzimmertür und Xiaolong kommt heraus. Sein Gesicht ist zerknittert und man hört das Schlurfen seiner Schritte durch die ganze Wohnung hallen. Als könnte er seine Füße nicht heben.

„Wie spät ist es?", fragt er.

„Neun Uhr."

„Und wie lange sitzt du schon da?"

„Seit fünf Uhr."

Ich schaue ihn nicht an, das Sprudeln des Wassers ist interessanter als sein erbärmliches Gesicht.

Drei Tage nach Majas Tod spürte ich das erste Mal seit gefühlten hundert Jahren, dass Xiaolong ein Mensch war. Er trauerte mit mir, er gab mir Wärme und Zuneigung, er war einfach so, wie ich ihn mir immer vorgestellt hatte. Kurz habe ich Hoffnung gehabt, dass alles gut werden würde. Doch nach diesen drei Tagen war alles wieder wie zuvor. Der Mensch in ihm wich wieder aus ihm heraus und zurück blieb das, was ich gewohnt von ihm war. Ich ertrage ihn von Tag zu Tag immer weniger und so beschloss ich vor ein paar Tagen, die Scheidung einzureichen. Geredet habe ich mit ihm nicht darüber. Ich hasse es, mit ihm zu reden. Er weiß von nichts. Doch der Anwalt weiß Bescheid und ich hoffe inständig, dass es bald vorbei ist, dass ich Xiaolong nie mehr wiedersehen muss.

Langsam kommt er auf mich zu. Nebenbei schnappt er sich eine Mappe mit Unterlagen, die auf der Kommode liegt, und legt sie mir vor dir Nase. Er setzt sich zu mir und tippt mit den Fingern auf die Zettel.

„Was ist das?" Ich schaue ihn fragend an.

„Unsere neue Wohnung in Shanghai. Ich habe sie gestern gekauft!"

Für einen Moment scheint sogar der Kohlensäure in meinem Glas die Luft ausgegangen zu sein.

„Was hast du?", frage ich ungläubig.

„Ich wollte dich überraschen und habe gestern die Verkaufsverträge unserer neuen Wohnung unterschrieben! Wir können jederzeit einziehen. Es ist schon alles geregelt", strahlt mich an.

„Das ist jetzt nicht dein Ernst!"

„Doch!"

„Warum zum Teufel fragst du mich nicht, bevor du eine Wohnung für uns kaufst?"

Meine Ungläubigkeit schlägt sich in Wut nieder.

„Ich habe dich doch gefragt! Wir haben uns die Wohnung angesehen und sie hat dir gefallen!"

Er schüttelt verwundert den Kopf, als würde ich ihm Vorwürfe machen, die absurd und unberechtigt sind.

„Vielleicht hätte ich trotzdem gerne bei der endgültigen Entscheidung mitgeredet!" Ich springe schreiend auf und werfe dabei den Sessel zu Boden.

„Jetzt beruhige dich doch!" Xiaolong springt ebenfalls auf, starrt mich vorwurfsvoll an und sagt: „Das habe ich doch alles für dich getan! Es ist doch gut, wenn wir so schnell wie möglich aus dieser Wohnung kommen! Hier erinnert dich doch alles an Maja! Du gehst daran noch kaputt!"

Wie ein wildgewordenes Tier fixiere ich ihn mit hasserfülltem Blick. Ganz kurz ist es ganz leise. Nur das Ticken der Uhr durchbricht die Stille. Ich spüre, wie ich langsam die Kontrolle verliere und mich einfach nur der Verlorenheit hingeben will. Irgendwann muss es doch passieren.

„Ich bin doch schon längst kaputt!"

Er starrt. Er kann nichts als starren.

„Ich bin schon kaputtgegangen, als du mir Mulan genommen hast!"

Und da breitet sich schon wieder diese Verachtung und Verleugnung über seinem Gesicht aus.

„Hör. Endlich. Auf. Damit." Sein Kiefer verkrampft sich und es scheint, als würde er jeden Moment auf mich losgehen.

Langsam gehe ich auf ihn zu.

„Sonst was?"

„Sonst ..." Ihm gehen die Worte aus.

Er ist mir nicht länger überlegen.

„Mulan. Mulan. Mulan", flüstere ich und gehe um ihn herum, während sich sein Körper immer mehr und mehr verkrampft, und ich frage ihn provokant: „Erträgst du es nicht, ihren Namen zu hören?"

Er schließt die Augen und ich kann spüren, wie ihm Mordgedanken durch den Geist jagen.

„Du kannst ihren Namen nicht hören, weil du sie umgebracht hast, Xiaolong. Du kannst ihren Namen nicht hören, weil du unser Kind umgebracht hast!"

Es ist ganz still.

„Das habe ich nicht."

Seine Stimme wird ganz schwach.

„Doch, das hast du!", schreie ich ihm ins Gesicht und stoße ihn weg. „Du hast dafür gesorgt, dass sie stirbt, nur weil du Angst hattest, nicht mehr in dein geliebtes System zu passen!"

„Ling, wir hätten eine unglaubliche Summe an Strafe bezahlen müssen! Wir hatten das Geld nicht! Ich habe einen Zwillingsbruder und mein Vater musste damals eine wahnsinnig hohe Strafe zahlen dafür, dass es uns beide gibt. Er hatte zum Glück das Geld. Du hast einen jüngeren Bruder, weil deine Eltern Pfirsichbauern sind und Bauern durften nun einmal ein zweites Kind bekommen, wenn das erste ein Mädchen war. Wir hatten also keine Chance auf eine Ausnahme, die uns ein zweites Kind erlaubte! Das war eben die Ein-Kind-Politik! Ich wäre für Monate, vielleicht sogar für Jahre ins Gefängnis gekommen, das weißt du!"

„Ja, das weiß ich, aber trotzdem! Du hast dich nie entschuldigt, du hast nie darüber geredet und ich habe dir das nie verziehen! Nie!"

Vier Jahre, nachdem Maja zur Welt gekommen ist, wurde ich wieder schwanger. Erst habe ich es länger nicht bemerkt, denn es war ausgeschlossen, ein zweites Kind zu bekommen. Das Gesetz erlaubte es nicht. Damals galt die Ein-Kind-Politik und wir passten einfach in keine Ausnahmeregelung. Es war der schlimmste Schock, den man sich je vorstellen kann, doch irgendwie freute ich mich auf das Kleine und ich wusste auch, dass Maja sich über ein Geschwisterchen freuen würde. Ich wusste, dass es verboten war und dass es schwere Folgen habe würde, aber ich wollte das Kleine wirklich. Ich liebte es vom ersten Augenblick an. Ich liebte es genauso, wie ich Maja liebte. Als ich in der fünfzehnten Schwangerschaftswoche war, haben wir erfahren, dass es ein Mädchen werden würde. Sofort schoss mir der Name Mulan in den Kopf und seitdem war klar, dass ihr Name Mulan sein sollte. Maja und Mulan. Meine zwei kleinen Mädchen. Doch Xiaolong war alles andere als begeistert. Mit jedem neuen Tag wurde seine Unruhe größer. Er war Polizist, er war das Gesetz, und mit dem zweiten Kind brach er das Gesetz, das er doch so liebte. In seinen Augen war er ein Verbrecher. Aber er, ausgerechnet er, durfte doch kein Verbrecher sein! Die Angst vor den Folgen zerfraß ihn, die Angst löschte den Menschen in ihm. Verboten – es war verboten – verboten – es durfte nicht sein. Als ich in die siebzehnte Schwangerschaftswoche kam, hielt er es nicht länger aus mit dieser Angst. Er suchte nach einem dubiosen Arzt, der die Schwangerschaft beenden sollte und schleppte mich zu ihm. Er redete auf mich ein, er schüchterte mich ein, er zwang mich, die Abtreibung über mich ergehen zu lassen. Für uns und für das Gesetz. Dass eine Abtreibung nach der zwölften Schwangerschaftswoche ebenfalls verboten war, verdrängte er. Hauptsache, er musste nicht ins Gefängnis. Und so geschah es. Mulan wurde einfach getötet und ich blieb gebrochen zurück. Ich dachte, ich könnte es mir und Xiaolong irgendwann verzeihen, aber ich konnte es nicht. Und jetzt, wo ich auch noch Maja verloren habe, kann ich diesen Hass nicht mehr länger unterdrücken. Diesen Hass auf Xiaolong und die Gesetze. Hass auf die Unterdrückung meines Mannes und auf die Unterdrückung durch die Politik. Er ist ein Handlanger dieses Systems, er unterstützt es. Ich wollte mir einreden, dass dieses System gut ist, dass es uns nicht unterdrückt, sondern schützt, aber als ich jetzt die Wahrheit ausgesprochen habe, die Wahrheit, dass Xiaolong mein Kind umgebracht hat, weil er dem Gesetz treu sein wollte, wird alles so klar. Wir leben in einem Staat, der uns unterdrückt, der mit uns spielt wie mit Marionetten.

Xiaolong steht hilflos im Raum und sucht nach der Wärme in meinen Augen. Doch die gibt es nicht mehr. Vielleicht sucht er aber auch einfach nur Schwäche, um sie auszunutzen, wie er es immer getan hat.

„Ling, hör zu, wir ziehen in unsere Traumwohnung nach Shanghai und fangen neu an. Maja und Mulan werden in unseren Herzen bleiben, aber wir müssen sie loslassen, verstehst du?"

„Nein, ich kann sie nicht loslassen und ich werde auch nirgendwo mit dir hinziehen!"

„Was meinst du?", fragt er misstrauisch.

Ich höre die Zahnräder in seinem Hirn rattern.

„Ich habe die Scheidung eingereicht. Du kannst gerne nach Shanghai ziehen, aber ich will dich nie wiedersehen!"

Sein Gesicht versteinert.

„Was? Das ist nicht dein Ernst?"

„Mein voller Ernst! Du bist an meinem ganzen Unglück schuld!"

„Du kannst mich nicht verlassen." Er bäumt sich plötzlich bedrohlich vor mir auf und geht auf mich zu, jede Unsicherheit weicht aus ihm: „Wo willst du denn hin, was willst du denn alleine machen?"

Ich trete erschrocken einen Schritt zurück.

„Du gehst nach Shanghai und ich bleibe hier, ganz einfach!"

Er lächelt kalt und diabolisch. Ist er der Teufel in Person?

„Ganz einfach, ja? Ganz einfach. Nun, du schießt dir damit nur ins eigene Knie. Weißt du, für mich ist das kein Problem. Männer in meinem Alter finden noch eine neue Frau, vielleicht sogar eine Jüngere. Vielleicht gründe ich einfach eine neue Familie in meiner neuen großen Wohnung", lacht er provozierend, „aber du? Du wirst mit deinen vierundvierzig Jahren ganz alleine in dieser kleinen, dunklen Wohnung versauern mit all den Erinnerungen. Sieh es doch ein! Du bist zu alt, um eine neue Familie zu gründen! Du brauchst mich! Ich war doch damals schon deine Rettung, als du achtundzwanzig warst! Keiner außer mir wollte dich und keiner wird dich jetzt wollen!"

Meine Kehle schnürt sich zusammen. Wie recht er doch hat. Er kann einfach eine neue Familie gründen. Er, der es am wenigsten verdient hat. Und ich bleibe allein zurück. Ich starre ihn verbittert an, die Wut brodelt in mir und steigt immer weiter auf. Und dann, dann gebe ich mich dem Wahnsinn einfach hin.

Ich stürze mich schreiend auf ihn und schlage so fest auf ihn ein, wie ich es noch nie getan habe, nicht einmal in meinen Vorstellungen. Wäre ein Messer in Griffnähe gewesen, hätte ich ihn einfach erstochen. Ich hätte seinen Körper zerfetzt, verstümmelt und aufgerissen. Blut. Blut. Blut. Und noch mehr Blut wäre aus ihm geschossen, wie eine Wasserfontäne, und ich hätte darin gebadet. Ich schlage und schreie und schlage und schreie und er wehrt sich einfach nur so, als wäre ich eine lästige Fliege, als könnte er mich mit einer Handbewegung beseitigen. Dann stößt er mich gegen die Kommode und ich falle mit einem dumpfen Knall zu Boden. Er wird immer stärker sein, er wird immer mehr Macht über mich haben als ich über ihn. Wie ein geschlagener Hund schaue ich zu ihm hinauf. Schluchzend stehe ich auf und renne los. Ich renne einfach aus der Wohnung, ich will einfach weg. Ich renne über die endlose Treppe hinunter und renne beinahe die schwere Haustür ein. Ich renne einfach, ohne irgendetwas zu sehen. Die Tränen nehmen mir die Sicht, die Tränen tauchen alles in eine verschwommene Dystopie Ein Schleier legt sich über meine Sinne. Als ich nun auf der Straße stehe, weiß ich nicht mehr wohin mit mir. Es ist alles so sinnlos, ich werde dieser Hoffnungslosigkeit, diesem Schmerz nie entkommen. Ich stehe da, auf einer Straße Pekings, völlig aufgelöst, wie eine Irre drehe ich mich im Kreis und weiß nicht, wohin ich laufen soll. Eine Handvoll Leute gehen verwundert an mir vorbei und schütteln den Kopf. Und dann beginne ich zu schreien und zu weinen und diese leidenden Geräusche vermischen sich zu einem irrsinnigen Gebrüll, so wie zuletzt bei Majas Tod. Ich lasse mich fallen und wälze mich auf dem harten Asphaltboden, in der Hoffnung, der Schmerz, der mich zerfrisst, würde vergehen. Doch er bleibt. Aus dem Augenwinkel sehe ich, wie Xiaolong von der Haustür aus auf mich zuläuft. Er kniet sich neben mich und versucht mich hochzuziehen. Er ist noch im Schlafanzug und sichtlich beschämt von meinem Anfall.

„Ling, hör auf damit, dadurch wird es nicht besser! Komm wieder rein!"

Doch ich schreie weiter, schlage ihn und stoße ihn weg. Er soll mich einfach nie wieder berühren. Als er bemerkt, dass seine Mühen sinnlos sind, lässt er mich los und plump zu Boden fallen. Sein Blick wird wieder verächtlich und er tritt einen Schritt zur Seite. Diese Verachtung macht mich wahnsinnig, ich will diese Verachtung nicht auf mir spüren. Und so trete ich auf öffentlicher Straße auf ihn ein und bespucke ihn, dann rapple ich mich mühselig auf, damit ich wie eine Gestörte auf die unschuldigen Autos am Straßenrand boxen kann.

Xiaolong schüttelt über meinen Wahnsinn den Kopf und beobachtet das Geschehen. Sein Blick wirkt erschrocken, doch irgendwie scheint es auch so, als würde er diese Betroffenheit nur spielen. Als ich völlig erschöpft zusammenbreche, geht er wieder einen Schritt auf mich zu.

„Sehr dumm Ling, sehr dumm! Hörst du schon die Punkte purzeln? Auf offener Straße so durchzudrehen, das bringt dir gar nichts, nur einen gewaltigen Punkteabzug! Siehst du, da!" Er zeigt auf die Kameras am Straßenrand: „Das wurde alles aufgenommen! Aber zum Glück ist das jetzt nicht mehr mein Problem! Danke. Danke, für die Scheidung!"

Er dreht sich um und geht wieder in die Wohnung. Und während ich auf der Straße liege und mich meinem Schmerz hingebe, begreife ich die Folgen. Ich begreife, dass mir das System ein weiteres Mal das Leben zerstören wird.

Antonio

1. April 2020

Die Gedanken. Die Gedanken drehen sich im Kreis. Ich stehe in einer Warteschleife. In einer unendlichen Warteschleife aus Gedanken. Wann kommen neue Gedanken? Neue, die die alten ablösen.

Seit zwei Wochen bin ich zu Hause, seit zwei Wochen war ich nicht mehr im Krankenhaus, seit zwei Wochen bin ich krank. Vielleicht war ich auch schon vorher krank, ganz bestimmt sogar, aber anders. Passiv krank, versteckt krank, mental krank, was auch immer. Aber nun habe ich mich bei den Patienten mit dem Coronavirus angesteckt. Hunderte Ärzte haben sich schon angesteckt, mussten trotzdem weiterarbeiten und viele sind auch daran gestorben. Auch gestorben, weil sie aus dem Ruhestand gezerrt wurden, da es zu wenig Gesundheitspersonal in der Krise gibt. Nun, ich kann von Glück sprechen. Ich rieche zwar nichts mehr, ich schmecke nichts mehr, ich huste hie und da, meine Glieder ziehen und brennen, als gäbe es kein Morgen und das Fieber kraxelt wie ein kleiner Kletteraffe immer höher auf die Sprossen des Fieberthermometers. Aber ich lebe. Große Freude.

Ich liege in meiner Wohnung auf meiner Couch und blicke mich im Raum um. Irgendwie ist es erleichternd, krank zu sein. Erleichternd, weil ich so nicht die halbtoten Seelen im Krankenhaus sehen muss. Erleichternd, weil ich ihr nicht begegnen muss. Eigentlich möchte ich sie ja sehen, eigentlich ist sie der einzige Mensch, den ich sehen möchte, aber gleichzeitig bin ich so fruchtbar beschämt, dass ich mich nicht trauen würde, ihr unter die Augen zu treten. Auch wenn sie Verständnis gezeigt hat, bezweifle ich, dass ein normaler Mensch diesen erbärmlichen Zustand meinerseits verstehen kann. Nicht einmal sie. Denn ich verstehe ihn selbst nicht. Meine Gedanken drehen sich im Kreis, meine Gedanken drehen sich um sie. Was muss sie sich bloß denken? Denkt sie, ich sei schwach und lächerlich? Warum denke ich ständig an sie?

Seit zwei Wochen habe ich genügend Zeit, um über alles Mögliche nachzudenken. Über sie, über Corona, über mich, über die Welt. Auch wenn ich jetzt Zeit habe, können meine Gedanken meine Fragen, die großen Fragen, nicht beantworten. Aber langsam, ganz langsam wird mir bewusst, dass dieses andauernde Gefühl, das mich begleitet, diese Hoffnungslosigkeit, diese Traurigkeit, dieser tiefe Schmerz entweder akzeptiert oder bekämpft werden müssen. Ich wollte mich nie damit beschäftigen, aber in mir drinnen weiß ich doch, was dieses Gefühl bedeutet. Es ist die Verzweiflung an der Welt. Wahrscheinlich werde ich immer diese Verzweiflung spüren, weil ich mitfühlend bin, weil ich begreife, wie schön diese Welt wäre, wenn es diese Ungerechtigkeit und Grausamkeit nicht gäbe. Aber natürlich weiß ich auch, dass die Perfektion dieser Erde utopisch ist und dass ich mich nicht im Schlechten baden darf und dass ich Abstand gewinnen muss. Ich weiß es, aber ob ich es auch kann? Vielleicht irgendwann. Vielleicht, wenn ich zur Ruhe komme. Bestimmt. Ich muss es einfach, ich habe gemerkt, dass ich einfach Abstand gewinnen muss. So etwas wie im Krankenhaus, so etwas, das Giulietta an mir gesehen hat, darf nie wieder passieren. Es wird nie wieder passieren. Denn ich bin gefallen und gefallen und dann habe ich den Tiefpunkt des Falles erreicht. Ich muss nicht mehr fallen, jetzt kann ich wieder hinaufsteigen.

In diesem Moment klingelt mein Handy. Mühsam fische ich es aus der Couchspalte heraus, in der es sich tief vergraben hat und halte es vor mein Gesicht, um zu erkennen, wer mich anruft. Ich kneife meine Augen zusammen und sehe, dass es meine Mutter ist. Plötzlich schießt mir in den Kopf, dass ich mit Giorgio bereits vor einer Woche telefoniert habe und dass er mir erzählt hat, dass sie sich alle mit dem Coronavirus infiziert hatten. Unseren Vater hatte es zuerst erwischt und so hat er auch unsere Mutter und ihn angesteckt. Giorgos Krankheitsverlauf ist sehr milde, doch der unserer Eltern schon eher ausgeprägter, aber laut den Ärzten nicht bedrohlich. Das ist natürlich beruhigend, aber wie es wirklich ausgeht, kann kein Arzt vorhersagen. Das weiß nur das Virus selbst. Davon kann ich wohl ein Lied singen. Ich bin erschrocken, dass ich so wenig an sie gedacht habe, dass ich völlig verdrängt habe, dass sie krank sind, aber ich dachte, es würde schon wieder gut werden. Ich dachte nur an mich und die Kranken, die ich vor mir sah. Nun beschleicht mich ein ganz merkwürdiges und beunruhigendes Gefühl. Ich schließe kurz die Augen und hoffe, es möge alles gut sein. Doch das Kribbeln in meiner Magengrube und das schnelle Pochen meines Herzes machen mich zunehmend nervös.

„Mama? Hallo?"

„Antonio, mein Kleiner", schluchzt sie in mein Ohr, „Antonio, es ist etwas Schreckliches passiert!"

Und bevor ich fragen kann, weiß ich bereits, was geschehen war.

„Was denn?" Meine Stimme ist brüchig.

„Dein Vater ... dein Vater ist heute gestorben. Er ist einfach tot!"

Sie weint bitterlich und es scheint, als würde meine Umgebung in sich zerfallen. Ihr Schluchzen ist so schmerzerfüllt und ich fühle mich so weit weg, so machtlos. Träume ich? Ist das einer dieser Träume? Nein, das Weinen ist echt. Der Schmerz ist echt. Ich konnte nichts für ihn tun und ich kann nichts für meine Mutter tun. Obwohl ich Arzt bin. Ihre Worte und ihr Weinen hallen in meinen Ohren nach und der Schock breitet sich langsam in meinem ganzen Körper aus. Meine Muskeln versteinern, mein Hals trocknet aus, mein Blick ist ungläubig und leer.

Er ist tot. Mein Vater ist einfach tot. Das Coronavirus hat ihn getötet und ich habe keine Sekunde daran verschwendet, an ihn zu denken. Ich will etwas sagen, ich will meiner Mutter Trost zusprechen, aber es kommt kein Laut aus meiner Kehle. Ich liege einfach nur da und lausche stumm ihren Tränen. Dann setze ich mich langsam auf, fahre mir über das Gesicht und räuspere mich.

„Wie? War er zu Hause?"

„Ja, zu Hause. Es wurde von Tag zu Tag schlechter, aber sie konnten niemanden mehr im Krankenhaus aufnehmen!"

„Und jetzt?"

„Er wird neben hundert anderen Toten in einem Sarg im Krematorium aufbewahrt, bis sie ihn begraben." Sie atmet schwer und spricht dann weiter: „Er wird allein begraben. Keine Feier. Nichts. Ganz allein. Niemand kann bei ihm sein, Antonio! Das ist so grausam!"

„Ja, Mama! Ich weiß, das ist es."

„Es ist so schrecklich. Warum tut man mir das an? Was ist das für eine Zeit? Es sieht aus wie im Krieg. Wenn man aus dem Fenster schaut, fahren ständig Militärfahrzeuge vorbei und transportieren Hunderte Corona-Tote aus Bergamo hinaus. Es nimmt kein Ende. So viele Tote!"

Ich kann ihr nicht antworten, ich kenne die Bilder aus dem Fernsehen. Doch nun tun diese Bilder vor meinem geistigen Auge so schrecklich weh. Ich kann einfach nichts sagen, ohne dabei in Tränen auszubrechen. Deshalb schlucke ich schwer und lausche in die Stille, lausche ich dem schweren Atmen meiner Mutter.

„Und daran ist nur *Pronto Moda* schuld! Daran sind nur diese Chinesen schuld, die sich hier illegal verschanzen und diese abscheuliche Krankheit aus China in die Welt verschleppen!", schreit sie plötzlich außer sich.

„Mama! Nein, das ist doch nicht wahr."

„Doch! Wir haben es mit eigenen Augen gesehen! Wir haben doch diese Chinesen mit eigenen Augen gesehen. Die sind schuld an allem!"

„Sag das nicht, Mama. Sag' so etwas nicht!"

Sie beginnt stark zu husten und zu röcheln, sie regt sich wahnsinnig auf.

Ich schüttle den Kopf völlig hilflos und verletzt. Ich weiß nicht, was ich sagen soll, wie ich diesen Unsinn aus ihrem Kopf bringen soll.

„Mama. Es sind nicht immer die anderen schuld. Es sind nicht immer die Ausländer. Natürlich hat China das Virus unterschätzt, aber genauso Italien. Die ganze Welt hat dieses Virus unterschätzt. Diese Menschen tragen nicht die Schuld allein!" Ich bemühe mich, meiner Stimme Kraft zu verleihen, damit sie nicht weinerlich klingt und bricht und meinen Schmerz zeigt.

Als sich ihr Hustenanfall beruhigt, schweigt sie. Nur ihr leises Schluchzen ist zu hören.

„Ich weiß. Aber ich ertrage den Gedanken nicht, ohne euren Vater zu sein. Ich ertrage seinen Tod nicht."

„Ich weiß. Ich auch nicht."

Corona ist nicht irgendeine entfernte Krankheit, Corona ist so nah. Ich selbst bin mit dem Virus infiziert, meine Mutter und mein Bruder ebenso und mein Vater ist daran gestorben. Es sind nicht nur irgendwelche Fremde, die daran sterben. Dieses Virus hat meinen Vater getötet. Es wirkt so surreal, so entfernt. Doch er ist tatsächlich tot. Einfach nicht mehr da. Wenn meine Welt nicht schon längst in Trümmern läge, spätestens jetzt wäre sie zerbrochen. Ich wollte mich aufraffen, wieder stark werden. Doch dieser tiefe, neue Schmerz lässt mich daran zweifeln, dass alles jemals wieder in Ordnung kommen könnte.

Ich sitze am Boden meiner Wohnung mit dem Oberkörper auf der Couch liegend und das neue Leid überkommt mich mit einer derartigen Wucht, dass ich drohe, daran zu ersticken.

Es ist 18 Uhr und ich sitze immer noch auf dem Boden. Ich habe es nicht geschafft aufzustehen. Doch nun tönt der Applaus von draußen in meine Wohnung. Natürlich. Der Applaus! Jeden Tag um 18 Uhr wird für die Helden der Krise geklatscht, wird geklatscht, um sich Mut zu spenden. Langsam drehe ich mich zur Balkontür. Soll ich? Soll ich nicht? Kurz überlege ich, doch dann stehe ich auf, öffne die Balkontür und setzte mich hinaus. Der Applaus hallt durch die Straßen. Die Leute stehen auf ihren Balkonen oder lehnen sich aus den Fenstern und klatschen. Alle. Ich klatsche nicht, sondern sitze schweigend, fast regungslos da. Vielleicht lasse ich mich auch beklatschen. Ja, applaudiert mir zu! Einem Helden der Krise. Bejubelt mich, bejubelt meine Unfähigkeit! Bejubelt mich, weil ich keinen Gedanken an meine kranke Familie verschwendet habe! Hin und wieder schaue ich nach links und rechts und beobachte meine Nachbarn, wie sie alle begeistert klatschen. Nach einer langen Zeit, nach einer Ewigkeit wird der Applaus immer leiser, bis er verstummt.

Ganz kurz ist es ganz ruhig. Nur der zarte Frühlingswind säuselt um uns. Doch dann holen ein paar Leute ihre Musikinstrumente auf den Balkon und beginnen zu spielen. Einer fängt an und nach und nach stimmen immer mehr ein. Die Töne tanzen im Wind und lassen sich forttragen. Die Töne, die mit Gitarre und Ukulele, mit Geige und Querflöte gespielt werden und sie spielen alle dasselbe Lied. Ein altes, italienisches Lied. Und die, die nichts spielen, fangen an zu singen. Die Musik schallt durch die Straße und wahrscheinlich hören es die Menschen, die in entfernten Gassen wohnen, immer noch. Dieses Singen, Spielen und stille Lächeln. Diese Hoffnung und dieser Mut, die durch diese Straßen und Gassen Roms tanzen. Als wüssten die Menschen, dass alles wieder gut werden würde. Als wüssten sie, dass wir alles überstehen können, weil wir bis jetzt noch alles überstanden haben. Und ganz kurz erreichen mich diese Hoffnung und dieser Mut, sie kehren still in mir ein und zaubern mir ein schwaches Lächeln ins Gesicht. Obwohl doch gerade alles so schrecklich ist. Sie erweichen kurz mein trauriges Herz und löschen alle Verzweiflung in mir. Vielleicht lösen diese Töne in diesem kleinen Moment eine Amnesie in meinem Hirn aus, die mich mein ganzes Leid und das Leid dieser Welt vergessen lässt. Auch wenn der Schmerz nie zu enden scheint, womöglich hilft der Klang der Hoffnung, um zu vergessen.

Jack

14. April 2020

Der gestrige Tag war grauenvoll und die folgende Nacht war es ebenfalls. Niemals hätte ich gedacht, dass mir ein Virus solche Probleme bereiten würde, doch ich muss mir eingestehen, dass ich Corona nicht ernst nehmen konnte, bis es Amerika wirklich betraf. Und nun betrifft es Amerika umso mehr. Doch das Schlimmste für mich sind nicht der Shutdown oder die vielen Toten: Auch wenn es tragisch ist, betrifft mich das nur geringfügig. Nein, das Schlimmste hat mir Benny gestern erzählt: Luke hat seinen Nebenjob als Kellner verloren und mit seiner Kritzelei hat er bekanntermaßen nie viel verdient und jetzt hat er natürlich noch weniger Geld als zuvor. Er wird also nicht mehr lange seine Wohnung in New York finanzieren können und bald auf der Straße stehen. Doch das ist noch nicht alles: Er hat sich auch mit Corona angesteckt und liegt nun krank in seiner Wohnung. Benny meint, es sei nicht lebensgefährlich, aber auch er hätte Sorge um ihn. Wir wissen doch alle, dass es, wenn Luke ins Krankenhaus müsste, dort wahrscheinlich keinen Platz für ihn gäbe und eine Behandlung im Krankenhaus könnte er sich sowieso niemals leisten. Er würde es nicht einmal in Erwägung ziehen, dort aufzukreuzen. Zur Not würde man ihn vielleicht in eines dieser Notlager bringen, die im Central Park aufgestellt wurden. Eigentlich sollte es mich nicht sonderlich bewegen, denn ich habe Luke unendliche Male vor seinem Künstlerleben gewarnt, er hat sich dafür entschieden und meine Meinung dazu verachtet. Aber trotzdem macht es mich unruhig zu wissen, dass er krank und arbeitslos ist. Trotzdem habe ich überlegt, wie ich im helfen kann. Doch ich kann ihm nicht helfen. Weder habe ich genug Geld, das ich ihm schicken könnte, noch könnte ich jetzt einfach so nach New York fahren, um ihn zurück nach Hause zu holen. Benny meint sowieso, dass sich Luke niemals von mir helfen lassen würde. Er wollte nicht einmal, dass ich davon erfahre. Er will absolut nichts mehr mit mir zu tun haben, sogar in seiner jetzigen Situation. Die Schlucht zwischen uns ist breiter und tiefer als gedacht. Als Benny mir gestern die Geschichte erzählt hat, zog ich mich in meine Gedanken zurück, um eine Lösung für sein Problem zu finden, auch wenn Benny meinte, dass Luke keine Hilfe von mir wolle. Ich tat so, als hätte ich es schon erwartet, als hätte ich sowieso keine Mittel, um ihm zu helfen. Aber eigentlich begann ich sofort durch meine Gedankenwelt zu streifen und mögliche Hilfsszenarien durchzugehen. Doch ich kann nichts für ihn tun. Die einzige Person, die ihm irgendwie helfen kann, ist Josh. Josh hat Herz, Josh hat Geld, Josh hat einen guten Draht zu ihm. Er würde ihm sofort genügend Geld überweisen, wenn Luke es nur zulassen würde. Vielleicht hätte er sogar die Möglichkeit, ihn irgendwie nach Miami und in seine Villa zu verfrachten, bevor er auf der Straße landet. Vorsichtig fragte ich daraufhin Benny, ob Luke schon eine Idee habe, wie es weitergehen soll und ob nicht Josh ihm irgendwie behilflich sein könne. Benny nickte, lächelte milde und meinte nur, dass Luke ihm gesagt hätte, dass er schon eine Lösung finden werde und falls es wirklich hart auf harte käme, würde er Joshs Hilfe annehmen. Aber wirklich nur, wenn es nicht anders ginge. Das beruhigte mich ein bisschen, aber nur ein bisschen. Der innere Frieden konnte gestern trotzdem nicht bei mir einkehren. Als ich abends zu Bett ging, wälzte ich mich stundenlang hin und her. Meine Gedanken drehten sich im Kreis. Ständig spukte mir Lukes Gesicht im Kopf herum und ich verstand nicht, warum ich kein Teil seines Lebens mehr sein durfte. Warum wollte er mich nicht einmal in Not und Krankheit? Dann fiel es mir aber wieder ein. Er wollte mich nicht, weil ich ihn damals nicht mehr wollte. Nachdem Sarah weg war, dachte ich, meine Söhne müssten zurückkommen und sie ersetzen. Ich dachte, sie müssten ihr Leben aufgeben, damit ich meines weiterleben konnte. Sie sollten meine Farm übernehmen. Wenigstens einer von ihnen sollte meine Farm übernehmen. Benny verzieh ich es, dass er es nicht konnte, denn er war schließlich Soldat.

Etwas Anständiges. Doch Luke verzieh ich es nicht, denn ich konnte nicht verstehen, wie ein armes Künstlerleben in New York besser sein sollte, als eine wunderschöne Farm in Texas zu leiten. Ich verzieh ihm nicht, dass er Nein zu meiner Farm sagte. Ich verzieh ihm nicht, dass er so war, wie er war. Erst in diesem Moment bemerkte ich, dass ich eigentlich all das in meinem Leben vermisste, was er war. Ich vermisste ihn. Ich war doch ein Idiot! Warum war ich so zu ihm? Warum schrie ich ihm ins Gesicht, dass er eine Enttäuschung sei und nie wieder hier aufkreuzen sollte? Seine Verachtung zu mir ist begründet. Und als mich die Gedanken weitertrieben, machten sie auch bei Josh halt. Josh würde Luke helfen, das wusste ich und das erleichterte mich. Doch auch, als ich an Josh dachte, überkam mich dieses seltsame Gefühl. Diese Trauer. Auch ihm hatte ich es nicht verziehen, dass er so ganz anders war als ich, dass er seinen Reichtum mit Social Media verdient hatte und nicht an meiner Farm hing. Er machte sich durch ein Medium groß, das ich absolut verabscheute. Er passte sich perfekt an diese schnelllebige Zeit an und schwimmt mit ihr gekonnt mit, während ich mir selbst dabei zusehen muss, wie ich einfach nicht mehr hinterherkomme. Obwohl ich noch gar nicht so alt bin. Eigentlich hätte ich lernen können, mit diesen Geräten und diesen Medien umzugehen. Aber ich wollte nicht, ich sah keinen Sinn darin. Sarah hingegen hat sich der Zeit immer angepasst und deshalb diesen ganzen Kram übernommen. Jetzt bleibt dieser Kram an mir hängen und es macht mich wahnsinnig. Ich will doch nur zurück, zurück in eine Zeit, in der noch alles in Ordnung war. Wenn ich an dieser Zeit festhalte, wird Sarah nie ganz verschwinden, so dachte ich. Doch so ist es nicht. Sie ist trotzdem weg. Ich stecke in meiner schönen Vergangenheit fest und akzeptiere nicht, dass sich die Welt verändert. Durch meine Abneigung gegen den Lauf der Zeit verlor ich meine Söhne. Und während ich gestern stumm im Bett lag, bemerkte ich, dass ich wohl keine Chance mehr habe, sie jemals wieder zurückzugewinnen. Sobald ich versuchte mich zu entspannen und diese Gedanken zu verjagen, begann mein Herz zu rasen, als liefe ich einen Marathon. Ich dachte, ich müsste ersticken, ich dachte, ich wäre dem Ende so nah wie noch nie. Diese Welle der Traurigkeit kam einfach immer wieder. Eine Hitzewelle, wie ich sie in den heißesten Sommern noch nicht erlebt hatte, überflutete mich in dieser kühlen Frühlingsnacht. Innerhalb weniger Minuten war ich nassgeschwitzt. Ich riss mir die Bettdecke vom Leib und sprang aus dem Bett. Plötzlich begann sich alles zu drehen. Das Zimmer drehte sich und drehte sich und verschwand hinter einem verschwommenen Nebel. Vorsichtig griff ich dorthin, wo ich den Schrank vermutete und lehnte mich daran an, bis sich der Schwindel langsam wieder auflöste. Gott dankend, dass sich meine Umgebung aufgehört hatte zu drehen und ich dem Tod doch noch nicht gegenüberstand, stolperte ich aus meinem Schlafzimmer, die Holztreppen hinab und in die dunkle Küche. Ich atmete schwer und griff mir immer wieder an die Brust, in der mein Herz wie wild pochte. Nur der Mond und die Sterne schimmerten durch das Küchenfenster und tauchten meine aufgewühlte Gestalt in ein fahles Licht. Nervös hastete ich auf das Regal zu, schnappte nach dem ersten Glas, das mir in die Hände viel und füllte es mit Wasser. Ich trank es aus und füllte es wieder auf. Und wieder und wieder. Dann ließ ich das Wasser aus dem Hahn über meine schweißgebadeten Hände laufen und spritze es mir ins Gesicht. Die kühle Nässe legte sich über die Hitze meiner Haut. Die Hälfte des Wassers landete jedoch auf dem alten Holzboden und auf meinem Schlafanzug. Doch ich nahm es einfach so hin, setzte mich nass auf einen Stuhl und blieb dort so lange sitzen, bis sich mein Herzklopfen langsam wieder normalisierte. Nach einer halben Stunde raffte ich mich dazu auf, eine Schlaftablette zu nehmen und wieder ins Bett zu gehen.

Ich träumte davon, durch New York zu gehen. Ganz New York glich einer Geisterstadt. Keine Autos, keine Menschen. Wie auch in der heutigen Realität. Es war schön und gleichzeitig unheimlich. Eigentlich hatte ich mir New York immer ganz anders vorgestellt. Laut, bunt und wichtig. Aber es war ganz still, nur der Wind tanzte um meinen Körper. Das Blinken der bunten Lichter schien fehl am Platz und keine Menschenseele eilte zu einem wichtigen Geschäftstermin. Ich wollte Luke besuchen und ihn wieder mit nach Hause nehmen, denn auf der Farm könnte ich ihn gesund pflegen. Ich streunte durch die unendlichen Straßen dieser Stadt, bis ich sein Wohnhaus fand. Es war alt und die Fassade bestand nur aus Dreck. Ich öffnete die Tür und schleppte mich die Stiegen des Hochhauses hinauf, um an seiner Tür zu klingeln. Als er aufmachte, wich ich zuerst schockiert zurück. Er war blass wie ein Geist und hatte tiefe Augenringe. Sein dunkles, lockiges Haar war zerzaust und durch seine helle Haut schimmerten bereits die Knochen hervor. Er war dem Tod ganz nahe. Wie ein Irrer stürmte ich in seine Wohnung und umarmte ihn. Es war mir völlig egal, dabei ebenfalls krank zu werden. Ich begann zu reden und wollte ihn überzeugen, zurück nach Texas zu kommen, auf meine Farm. Doch er sagte nichts dazu, stand einfach nur im Raum herum. Es legte sich ein gespenstisches Gefühl über uns. Ein Gefühl, das mir sagte, dass hier etwas nicht stimmte, dass die Sache nicht gut ausgehen würde. Als ich weiter in die Wohnung hineinging, in seine Küche und in sein Wohnzimmer, saß da plötzlich Josh auf der Couch. Sein Lächeln war psychopathisch und er schaute aus dem Fenster über die Stadt. Es war der Mund, der grinste, doch die blauen Augen waren starr und leer. Er musterte mich von oben bis unten, als er mich sah und sagte dann: „Geh! Wir wollen dich nicht mehr! Wir brauchen dich nicht mehr! Ich nehme Luke nach Miami mit. Er kann bei mir leben!"

Mein Blick glitt fragend zu Luke. Doch er sagte immer noch nichts. Er setzte sich einfach neben Josh, starrte mich an und deutete auf die Türe. Da wusste ich, ich sollte gehen. Ich hatte keine Kontrolle mehr über die beiden. Mein Herz zog sich zusammen und Tränen stiegen mir in die Augen. Die beiden machten mir Angst. Diese leeren Blicke, diese monotone Stimme. Ich war am Boden zerstört, stürmte aus der Tür, genauso wie ich hineingestürmt war, und ließ mich, willenlos weiterzuleben, die Treppe des Hochhauses hinunterfallen. Der Fall war lang und nahm kein Ende. Ich schlug einfach nicht auf. Das Geländer der Treppe zog in Lichtgeschwindigkeit an mir vorbei und in meinem Bauch wurde ein aufgeregtes Kribbeln ausgelöst, das mich immer weiter nach unten zog. Und da begriff ich, dass es nicht der Fall ist, der tödlich ist, sondern die Landung. Ich fiel dem Tod entgegen, doch ich landete nie.

Nun sitze ich wieder in der Küche, so wie in der Nacht zuvor. Ich denke über den Lauf meines Lebens nach und wie beschissen eigentlich alles ist. Die ganze Welt. Und ich denke über diesen furchtbaren Traum von letzter Nacht nach. Plötzlich kommt Benny mit festem Schritt in die Küche herein. Kurz bevor die Ausgangsbeschränkungen in Kraft getreten sind, hatten sich Benny und Diana dazu entschlossen, vorübergehend zu mir auf die Farm zu ziehen. Sie hatten schon geahnt, dass man seine Wohnung bald nicht mehr verlassen durfte und da auf meinem Hof viel mehr Platz ist als in ihrer Wohnung in Houston, kamen sie her. Ich finde es wunderschön, nicht mehr ganz allein zu leben, und von mir aus könnte es für immer so bleiben. Aber als Diana die ersten Schritte in das Haus gesetzt hatte, machte sie schnell klar, dass es wirklich nur für kurze Zeit sein sollte. Solange bis das Gröbste der Pandemie überstanden ist und man sich wieder frei bewegen darf. Spätesten kurz vor der Geburt wolle sie wieder in ihrer Wohnung in Houston sein. Das ist Anfang Juni. Ich akzeptiere das und genieße die Zeit, solange sie da sind. Benny kommt auf mich zu und fragt: „Alles klar, Papa? Du schaust so traurig!"

„Was? Nein, natürlich ist alles klar!"

„Gut, ich will schnell einkaufen gehen. Diana braucht unbedingt Nougatschokolade." Er lächelt verschmitzt und fragt: „Soll ich dir auch etwas mitnehmen?"

„Ja", ich stocke kurz, „nein, weißt du was, ich komme gleich mit!"

„Bist du sicher?"

„Natürlich bin ich sicher! Bei einem kleinen Einkauf werde ich mir dieses Virus schon nicht einfangen."

Ich stehe auf, gehe an Benny vorbei und klopfe ihm auf die Schulter.

„Na komm, ich habe nicht den ganzen Tag Zeit!"

Wir gehen auf den Hof hinaus, steigen in seinen Geländewagen und fahren los. Unser kleines Dorf hat, neben der Bar von meinem Freund Jeff, auch einen kleinen Shop. Dort fahren wir hin. Benny hält direkt vor dem Laden an und ich steige aus. Bevor wir hineingehen, setzen wir diese lächerlichen Masken auf, die man eigentlich nur von den Asiaten kennt. Ich hasse diese Masken. Der Laden ist klein und dunkel. Nur die Glühbirnen, die lose an den Kabeln von der Decke hängen, beleuchten ihn schwach. Ein paar Menschen befinden sich darin. Sie greifen hastig nach den Produkten und wollen diesen Ort so schnell wie möglich wieder verlassen. Keiner wirkt ausgeglichen, so wie sonst. Alle wirken angespannt und weichen einander in großem Bogen aus. Benny verschwindet rasch hinter den Regalen und auch ich bahne mir meinen Weg durch den Laden. Ich gehe ganz nach hinten und will in das kleine Lager schauen, in dem ein alter Schulkollege oft herumlungert und ein paar Arbeiten erledigt. Er hat meistens ein paar Traktorteile und Werkzeug vorrätig und verkauft sie mir günstiger. Doch als ich zu der Tür komme, die ins Lager führt, muss ich bemerken, dass sie verschlossen ist. Das kam tatsächlich noch nie vor. Dann war wohl meine kleine Reise hierher herzlich nutzlos. Ich schüttle genervt den Kopf und tue so, als würde ich nach anderen Produkten suchen. Doch eigentlich brauche ich nichts. Unbeholfen schaue ich in der Gegend herum und warte, bis irgendetwas Spannendes passiert, auch wenn ich weiß, dass nichts passieren wird. Doch auf einmal höre ich eine junge Männerstimme durch den Laden hallen, die ich schon länger nicht mehr gehört habe, die mir aber bekannt vorkommt und die immer lauter wird. Neugierig schleiche ich durch die schmalen Gänge und folge der aufgeregten Stimme. Sie wird schriller und aufgebrachter und entwickelt sich langsam zu einem Schreien. Als ich hinter einem Regal versteckt um die Ecke luge, sehe ich Benny, wie er mit einer Klopapierpackung seinem alten Schulfreund Kyle gegenübersteht. Kyle wirkt wahnsinnig aufgebracht, fast verzweifelt ist sein Blick. Er greift ständig nach der Klopapierpackung, die Benny in den Händen hält. Benny schüttelt immer wieder verwundert den Kopf und versucht beruhigend auf Kyle einzureden, doch dieser gibt nicht nach. Ich verstehe die Situation nicht sofort, doch als mein Blick auf das leere Regal fällt, in dem sich normalerweise die Klopapierpackungen türmen, glaube ich zu verstehen. Doch trotzdem wirkt die Situation lächerlich. Als Kyle bemerkt, dass auch Benny nicht nachgeben und ihm nicht die letzte Packung überlassen will, verliert er die Kontrolle.

Er schreit durch den ganzen Laden: „Ich war zuerst da, gib mir die Packung!"

Sein Gesicht wird blutrot und jedes Wort, das er brüllt, und jede Bewegung, die er unkontrolliert ausführt, deuten darauf hin, dass er absolut wahnsinnig geworden ist. Keine normale Person würde sich so verhalten. Er trippelt ununterbrochen an der Stelle und seine Muskeln spannen sich gefährlich an.

„Was ist denn in dich gefahren? Beruhig dich doch, morgen wird bestimmt eine neue Lieferung mit Klopapier kommen", sagt Benny beschwichtigend.

Er setzt auf eine friedliche Versöhnung, denn er ist Soldat und wäre Kyle auf jeden Fall bei einer Schlägerei überlegen. Allein der Gedanke, dass Kyle ihn angreifen könnte, wegen einer dämlichen Klopapierpackung, ist absurd. Doch mit jedem unverständlichen Ton, den Kyle ihm ins Gesicht brüllt, wird diese Situation wahrscheinlicher. Er tobt wie ein Rumpelstilzchen und mittlerweile fallen die Blicke aller anderen Kunden auf ihn. Jeder hält in seiner Bewegung inne und beobachtet das Spektakel. Keiner weiß, wie er reagieren soll. Langsam komme ich hinter den Regalen hervor und bewege mich auf Kyle zu, um ihn zu beruhigen.

„Ruhig Blut, Kyle. Das ist doch alles nicht so schlimm!"

„Misch dich da nicht ein!"

Er dreht sich wild zu mir und starrt mich mit einem Todesblick an. Er wirkt so verloren. Aus seinen Augen schreit der Wahnsinn. Als würde er seinen Verstand nicht mehr in sich tragen, als würde dieser frei neben ihm herfliegen und gleichgültig auf ihn herabsehen. Als ich einen weiteren Schritt auf ihn zu machen will, zieht er plötzlich eine Waffe und hält sie mir direkt ins Gesicht. Er fuchtelt nervös damit herum, merkt gar nicht mehr, was er da tut. Erschrocken stolpere ich zurück. Eine unerwartete Wendung. Er dreht sich hastig zurück zu Benny und richtet nun die Waffe gegen ihn.

„Her damit!", brüllt er.

„Nimm die Waffe runter, du Vollidiot!"

„Her damit!", brüllt er noch lauter.

Benny streckt ihm die Packung entgeistert entgegen und macht danach ein paar Schritte zurück, mit den Händen in der Höhe.

„Willst du in den Knast, Kyle? Nimm die Waffe bitte runter!"

„Jeder Amerikaner hat das Recht auf eine Waffe. Jeder Amerikaner hat das Recht, sich zu verteidigen!"

„Ja, aber du musst dich nicht verteidigen! Dir will doch keiner etwas tun!"

Er lacht teuflisch: „Du hast doch keine Ahnung! Wir müssen uns alle verteidigen! Das Virus gibt es gar nicht! Die Menschen sind das Virus! Bill Gates wird jeden von uns mit der sogenannten Impfung einen Mikrochip einpflanzen! Vielleicht ist unsere letzte Hoffnung unser Präsident, das ist Amerikas Hoffnung! Aber Europa wird untergehen, nächstes Jahr wird es Europa nicht mehr geben!"

So ein wirres, zusammenhangloses Zeug habe ich noch nie gehört. Was ist nur in ihn gefahren, was ist mit seinem Weltbild passiert?

Kyle dreht sich nervös im Kreis und richtet die Waffe auf alle, die ihn entsetzt anstarren. Die meisten haben sich schon schreiend auf den Boden geworfen oder sind aus dem Laden gerannt. Sein Blick streift hilflos und irre durch den Raum und er gibt verzweifelte Geräusche von sich. Er atmet hastig und hat keinen Plan, was er als Nächstes machen soll. Keiner wagt es noch, einen Mucks zu tun. Es scheint, als würden alle die Luft anhalten. Wir warten.

Dann, als hätte er die Erleuchtung, stürmt er auf die Regale zu und schnappt sich so viele Konservendosen und Nudeln, wie er tragen kann. Ängstlich schaut er immer wieder auf, um zu sehen, wie die Leute reagieren, um zu sehen, ob ihn jemand überwältigen will. Doch keiner bewegt sich. Alle starren ihn an. Er dreht sich ständig im Kreis und richtet die Waffe auf jeden, der in sein Blickfeld gerät, während er langsam auf den Ausgang zugeht.

„Keiner bewegt einen Muskel! Sonst schieß ich euch alle tot!"

„Kyle, du willst doch gar nicht schießen, hör auf damit", flüstert Benny ruhig.

„Und ob ich das will!"

Mit Müh und Not schafft er es, keine Dose oder Nudelpackung fallen zu lassen. Auch das Klopapier hält er fest umschlungen. Nachdem er rückwärts aus der Tür gestolpert ist, beginnt er zu laufen. Er läuft und läuft über die Straße, durch das Dorf, bis wir ihn nicht mehr sehen.

Wir befinden uns alle vor dem Laden und die Polizei befragt uns zu dem Vorfall. Daneben steht ein Kamerateam und filmt. Woher diese Fernsehmenschen schon wieder davon wissen, ist mir unerklärlich. Das Ganze ist gerade einmal eine halbe Stunde oder eine Dreiviertelstunde vergangen und sie sind schon hier. Auch die Polizei ist sichtlich genervt von ihnen und bittet sie nach einer Weile zu gehen. Als die ganze Fragerei ein Ende nimmt, stellen Benny und ich uns ein bisschen abseits des Tumults zu der Kassiererin, die gerade neben dem Laden raucht. Benny zündet sich auch eine Zigarette an und pustet den Rauch in die Luft.

„Es musste ja so kommen", sagt sie plötzlich in die Stille.

„Was?", fragt Benny verwirrt.

„Dass jemand wegen diesem ganzen Corona-Chaos den Verstand verliert. Und dass es Kyle trifft, hätte man sich auch schon denken können."

„Warum? Er war doch immer ein netter Kerl", werfe ich ein. Sie nickt.

„Nett schon, aber ganz gesund nicht", sie deutet dabei auf ihren Kopf.

„Was? Das kann ich mir nicht vorstellen! Er war immer ganz normal."

Benny schüttelt verständnislos den Kopf.

„Was ich so gehört habe, ist, dass er schon längere Zeit spiel-süchtig ist und sehr viele Schulden hat. Er hat nie viel verdient und dachte, er könnte im Casino reich werden." Sie lächelt, während sie erzählt, doch es ist ein trauriges Lächeln. „Und als der Shutdown kam, wurde er gekündigt. Jetzt hat er überhaupt kein Geld mehr und kann die Schulden nicht zurückzahlen."

Ich höre ihr still zu und beiße mir dabei nachdenklich auf die Lippen.

„Scheiße", sagt Benny und zieht mehrmals an seiner Zigarette.

Er hat sie schon fast zu Ende geraucht. Es ist nur noch ein Stummel übrig, den er sanft in die staubige Erde drückt. Er bleibt gleich in der Hockposition und zündet sich eine Neue an.

„Aber die größte Scheiße dabei ist, dass er eine kleine Familie hat, die jetzt nicht mehr versorgt werden kann." Die Kassiererin schließt bedrückt die Augen.

„Er hat eine Familie?"

„Ja. Eine sehr liebe Frau und ein einjähriges Kind."

Ich atme schwer aus. Ein wahnsinnig bedrückendes Gefühl legt sich über mich. Ich hatte keine Ahnung, dass Kyle solche Schwierigkeiten hat. Als Benny noch ein kleiner Junge war, war Kyle öfters zu Besuch und tobte mit ihm auf dem Hof. Diese Unbeschwertheit, diese Leichtigkeit und kindliche Glückseligkeit. Alles weg.

Amira

29. April 2020

Leise drücke ich die Türschnalle meines Zimmers hinunter und ziehe die Türe beinahe geräuschlos auf. Das ganze Haus ist in Dunkelhaut gehüllt und ich kann das gleichmäßige Atmen aus dem Schlafzimmer meiner Eltern hören. Es ist Nacht. Zwei Uhr in der Nacht und der Schlaf holt mich nicht ab. Ich warte vergeblich. Vorsichtig mache ich die Tür meines Zimmers weit auf, damit das gedämpfte Licht auf den Gang hinausfällt und ich die hellen Lampen nicht einschalten muss. Mit großen Schritten schleiche ich im Schein des herausfallenden Lichts Richtung Küche und zucke jedes Mal ein bisschen zusammen, wenn der Parkettboden knarrt. In der dunklen Küche angekommen, schalte ich das Licht ein und gehe auf den Kühlschrank zu. Ich will etwas essen. Aber was bloß? Vorsichtig ziehe ich die Kühlschranktür auf. Helles Licht und ein leises Surren kommen mir entgegen. Mir ist noch nie zuvor aufgefallen, dass das Licht im Kühlschrak so hell ist. Ratlos streift mein Blick über die Lebensmittel. Nein, nein, nein. Will ich alles nicht. Aber dann sehe ich doch noch, ganz hinten versteckt, die angeschnittene Geburtstagstorte meiner kleinen Schwester. Eine Himbeer-Mascarpone-Torte. Perfekt. Ich ziehe sie vorsichtig heraus, nehme schnell ein Messer aus der Bestecklade, schneide mir ein schönes Stück herunter und stelle den Rest wieder dorthin, wo er war. Mit Teller und Gabel in der Hand lasse ich mich entlang des Kühlschranks auf den Boden gleiten und bleibe dort sitzen. Dann esse ich. Herrlich. Der Teig, die Creme, die Kälte auf meiner Zunge. Welch schöne Nacht. Doch plötzlich höre ich auf dem Gang das Tappen von kleinen, nackten Kinderfüßen. Es kommt näher. Als ich von meiner Torte aufschaue und gerade die Gabel im Mund stecken habe, steht auch schon meine kleine Schwester Mirjam in der Tür und starrt mich vorwurfsvoll an. Sie wurde gestern acht Jahre und sie könnte eine Miniatur von mir sein. Sie ist wie ich, nur eine kleinere Version. Die kohlrabenschwarzen Haare, die zartbraune Haut, die grünblauen Augen. Als würde ich in den Spiegel schauen und wieder ein kleines Kind sein.

„Isst du da gerade MEINE Torte?" Sie stemmt die Arme in die Hüften, während sie mich das fragt.

„Nein. Wie kommst du denn darauf? Ich esse keine Torte." Ich schiebe mir das nächste Stück in den Mund.

„Doch. Ich sehe es!"

„Du siehst gar nichts. Du träumst. Du schlafwandelst."

„Stimmt doch gar nicht."

Sie verzieht das Gesicht und kommt auf mich zu.

„Was machst du denn eigentlich hier? Solltest du nicht schlafen?", frage ich, während ich weiteresse.

„Ich bin aufgewacht und habe Schritte gehört."

„Was du alles hörst."

Sie setzt sich neben mich auf den Boden und sieht mir beim Essen zu. Sie ist so niedlich. Ich bin froh, sie als Schwester zu haben. Auch wenn ich mir manchmal wünsche, dass sie älter oder ich jünger wäre. Mit neuneinhalb Jahren Altersunterschied sind wir fast keine Geschwister mehr. Wohl eher zwei Einzelkinder. Wir haben nie gestritten, wie es gleichaltrige Geschwister tun, wir haben uns nie Streiche gespielt oder gerauft. Wäre auch ein bisschen seltsam, wenn eine Achtjährige und eine Siebzehnjährige miteinander raufen würden. Was ich schon hinter mir habe, hat sie noch vor sich. Was mich beschäftigt, liegt für sie in weiter, unverständlicher Ferne. Obwohl wir uns so gleichen, haben wir so wenig gemeinsam.

„Bist du traurig?", fragt sie plötzlich, wie aus dem Nichts.

„Nein, wie kommst du denn darauf? Warum sollte ich traurig sein?", schüttle ich erstaunt den Kopf.

„Du weinst manchmal."

„Was tue ich?"

„Du weinst. Immer am Vormittag, wenn du mit den Schulsachen beginnst. Dann schimpfst du und weinst."

Ich halte kurz den Atem an. Da hat sie mich wohl ertappt.

„Ja. Dann muss ich wohl zukünftig leiser weinen und schimpfen", antworte ich und manövriere genüsslich das letzte Stück der Torte in meinen Mund.

„Nein. Nein, du sollst gar nicht weinen!"

„Gut. Ab sofort weine ich nicht mehr!"

„Bist du depressiv?", fragt sie weiter.

Ich lache auf und schüttle entgeistert den Kopf.

„Nein, natürlich nicht. Was fragst du denn da für einen Unsinn? Ich bin zufrieden, manchmal glücklich. Siehst du", ich grinse über beide Ohren, „ich lache!"

Mirjam sieht mich fragend an, als wäre sie nicht ganz überzeugt von meiner Darstellung. Deshalb hole ich nochmals aus: „Weißt du Mirjam, eigentlich geht es mir gut, richtig gut. Aber manchmal, wenn ich zu viel für die Schule machen muss, wenn Lehrer mir ganz viele Arbeitsaufträge geben, dann werde ich verzweifelt und traurig und habe Angst."

„Angst? Wovor?"

„Angst, dass ich das alles nicht bewältigen kann, dass ich die Matura nächstes Jahr nicht schaffe, dass alles zu viel wird. Und dass es vielleicht nie aufhört, auch nach der Matura nicht." Ich stocke kurz, blicke in ihre wachsamen Kinderaugen und rede weiter: „Angst, dass dieser Stress nie aufhört, dass ich mich immer beweisen muss und alle immer die beste Leistung verlangen, verstehst du?"

Sie nickt schwach. Ich bin nicht sicher, ob sie versteht.

„Also, ich mag die Schule eigentlich", sagt sie nach einer Weile und schaut dabei auf ihre nackten Füße.

„Ja, das ist auch gut so. In der Volksschule mochte ich die Schule auch noch."

„Weißt du, bei uns in Österreich ist doch Schule ganz schön."

„Wie man es nimmt." Ich verziehe den Mund.

„Also, in Japan haben die Kinder viel mehr Stress und Druck. Die werden richtig gedrillt!" Als sie das sagt, nickt sie heftig, um ihr Wissen zu bekräftigen: „Die sind richtig arm. Sie müssen hart lernen und arbeiten!"

„Stimmt, das ist natürlich viel schlimmer dort, keine Frage! Wir können froh sein, nicht in Japan zu leben! Aber ich glaube, auch bei uns gibt es Verbesserungsbedarf."

Ich lasse meinen Blick über den leeren Kuchenteller gleiten. Ich bete inständig zu Gott, dass sich das Schulsystem bald ein bisschen ändern möge. Dass man den Schülern vor der Matura keine Angst mehr machen muss. Meine kleine, unschuldige Schwester mag die Schule noch. Doch wenn sich nichts ändert und der Leistungsdruck immer stärker wird, wird auch ihr Angst bevorstehen. Ich streiche über ihre feinen, kindlichen Haare.

„Ich freu mich schon darauf, wieder in der Schule zu sein!" Sie lächelt.

Wann das genau sein wird, weiß man noch nicht. Das Homeschooling dauert länger als gedacht, Corona verschwindet einfach nicht. Die Maturanten gehen ab Anfang Mai wieder in die Schule, um sich auf die Matura vorzubereiten. Aber sie haben sowieso riesiges Glück, denn die Matura wird ihnen nicht wirklich schwer gemacht. Was würde ich dafür geben, dieses Jahr Matura zu haben und nicht nächstes Jahr, wenn alles wieder normal sein wird. Das wird es doch, ganz bestimmt. Die Zeugnisnote des Abschlusszeugnisses wird in die Matura miteingerechnet, das bedeutet, dass man nicht mehr durchfallen kann, wenn man in der Jahresnote eine Drei oder etwas Besseres hatte. Wie sehr würde ich mir das für meine Matura wünschen! Das wäre ein Hoffnungsschimmer. Und die mündlichen Prüfungen bleiben den Maturanten heuer zur Gänze erspart. Man wirft ihnen einfach die Note ihres Jahreszeugnisses hinterher. Göttlich. Nun ja, den jetzigen siebenten Klassen wird die Matura wahrscheinlich wieder schwer gemacht werden. Ein ewiges Trauerspiel. Irgendwann Mitte Mai sollen die Volksschüler und Unterstufenschüler wieder in die Schule gehen können. Die Klassen müssen aber gespalten werden, damit nicht zu viele auf einem Haufen sind. Schichtbetrieb also. Und irgendwann, Ende Mai oder Anfang Juni oder vielleicht auch gar nicht mehr, das weiß nur Gott, sollen die Oberstufen wieder in die Schule. Ein Datum steht noch nicht fest.

„Amira, glaubst du, wird es Corona noch lange geben?"

„Ich habe keine Ahnung. Ich hoffe nicht!"

„Ich finde diese Ausgangssperre richtig blöd. Ich will nicht immer zu Hause sitzen!" Sie verzieht das Gesicht bockig.

„Wir haben es bald geschafft. Ab Mai werden die Beschränkungen gelockert!"

Ich lächle sie aufmunternd an.

Als die Ausgangsbeschränkungen in Kraft traten, alle Läden schlossen und sich die Welt verkroch, um dem Virus zu entfliehen, war ich wütend und verständnislos. Ich fand es übertrieben und wollte nicht meinen ganzen Alltag, meine ganzen Urlaubspläne über Bord werfen, nur um ein paar alte Leute zu „retten", die sowieso bald sterben würden. Makaber. Gefühlskalt. Ich weiß. Aber jetzt denke ich anders. Jetzt verstehe ich diese Sperren und jetzt weiß ich auch gar nicht mehr, ob ich für das Leben bereit bin, das mich mit den Öffnungen erwartet. Es wird nicht so sein wie vorher. Abstand halten und Maske tragen. Befremdlich. Irgendwie habe ich mich an das eingesperrt sein gewöhnt. Und darauf vertrauen zu können, dass die Regierenden die richtigen Verbote und Gebote aussprechen, an die man sich hält: Das gibt nach einer kurzen Phase der Aufregung auch Sicherheit. Eine seltsame Sicherheit. Wie gut, dass wir in einem Staat leben, in dem der Wunsch nach Sicherheit nicht ausgenutzt wird. Obwohl das viele Leute nicht so sehen. Sie beschweren sich schon über die Ausgangsbeschränkungen, sagen, es sei unnütz und dass die Grundrechte der Menschen verletzt werden würden. Doch was sie vergessen: Noch nie in der Geschichte wurden Menschenrechte verletzt, um Menschenleben zu retten. Immer wurde den Menschen ihre Freiheit genommen, um sie zu unterdrücken und zu töten. Jetzt ist das Gegenteil der Fall und es wird einfach nicht gesehen. Natürlich ist es seltsam und belastend, natürlich will ich nicht, dass die Grundrechte auf alle Ewigkeit begraben werden, irgendwann ist natürlich auch Schluss, aber jetzt ist es doch zu ertragen und mitzutragen. Langsam beschleicht mich so ein Gefühl, dass wir noch sehr lange mit Beschränkungen leben müssen und dass wir auch den Sommerurlaub vergessen können, dass

Auslandsreisen noch länger nicht so einfach möglich sein werden. Anfangs wollte ich toben vor Wut, doch jetzt scheint alles so egal. Jetzt ist alles egal. Ob Urlaub oder nicht: Wen kümmert es? Nie hätte ich gedacht, dass sich Corona so lange hinziehen wird. Wahrscheinlich wird es noch viel länger dauern. Und wer weiß, vielleicht erwarten uns noch einige weitere Lockdowns? Nein, unmöglich! Schnell weg mit diesen Gedanken! Gäbe es doch nur schon diese Impfung! Die Mediziner und Wissenschaftler sollen sich gefälligst damit beeilen! Ich habe keine Lust, mich mein gesamtes restliches Leben damit herumzuschlagen. Wirklich nicht. Wenn wir die Impfung erst einmal in unseren Händen halten, kann doch nichts mehr schief gehen.

„Ich will nicht immer Abstand halten. Ich will wieder mit meinen Freunden normal spielen!", sagt Mirjam wieder in die Stille.

„Du wirst bestimmt wieder normal spielen können. Ich finde das auch ziemlich blöd, aber das wird schon wieder", verspreche ich ihr.

Wir sitzen so da, mitten in der Nacht am Boden, und mir wird klar, dass wir Menschen eigentlich wahre Herdentiere sind. Früher hatte ich nichts gegen Abstand, ich hasste Menschenmassen und wollte auch nicht jeden Vollidioten zur Begrüßung umarmen. Doch jetzt fehlt es. Jetzt bemerke ich, dass die Menschen sich von Natur aus zusammendrängen und Körperkontakt suchen. Seltsam. Vielleicht wird sich das bald ändern, wir werden uns daran gewöhnen, wir werden anders werden. Oder das Abstandhalten wird uns irgendwann egal sein. Wir können doch nicht ewig Abstand halten. Ob sich die Gesellschaft ändern wird? Ob sich unsere Werte und Ziele und unser Verhalten ändern werden? Wird es eine neue Weltordnung geben, wenn das vorbei ist, so, wie alle sagen? Eine neue, bessere Welt? Die Krise als Chance. Wer's glaubt. Alle tun so, als wären sie jetzt erleuchtet und würden ab sofort für neue Werte und Gerechtigkeit in der Welt kämpfen. Jetzt sei allen begreiflich, was wirklich wichtig ist. Klar. Wenn es gut geht, dann hält dieser Zustand der Erkenntnis einige Monate lang an, aber danach wird alles so sein wie vorher. Krieg. Hunger. Unterdrückung. Hass. Stress. Alles wie zuvor.

„Ich bin müde", dringt plötzlich in mein Ohr.

„Natürlich bist du müde, es ist fast drei Uhr in der Nacht. Komm, geh' wieder ins Bett!" Ich stupse sie liebevoll an. „Ich geh auch schlafen."

„Ich kann aber nicht einschlafen."

„Woher willst du das wissen, du hast es noch gar nicht versucht!"

Sie steht vom Boden auf und ich tue es ihr gleich. Dabei fährt ein heftiger Stich in mein Steißbein und meine Beine lösen sich nur schmerzhaft aus dem Schneidersitz. Ich verziehe das Gesicht zu einem Schrei, schreie aber nicht. Nur leise, in meinem Inneren. Zu lange im Schneidersitz zu sitzen, ist ein Fehler. Ein schwerer Fehler. Mirjam dreht sich zu mir um, während ich mich mühsam hochkämpfe.

„Machst du mir eine warme Milch mit Honig, damit ich schlafen kann?" Sie grinst mich zuckersüß an.

„Klar. Ich mach uns beiden eine warme Milch mit Honig und dann ab ins Bett!"

Sie hüpft begeistert auf der Stelle und strahlt. Und ich strahle zurück.

Jack

Benny und Diana wollen in fünf Tagen wieder zurück in ihre Wohnung nach Houston. Ich kann es ihnen nicht verdenken, denn die Geburt steht schließlich kurz bevor, auch wenn Corona kein Ende nimmt. Doch dann bin ich wieder ganz alleine mit meinen Tieren und mit meinen Gedanken. Benny meint, sie würden mich von nun an öfter besuchen und Diana werde auch mit der kleinen Maus regelmäßig vorbeischauen, wenn Benny für einen Einsatz rekrutiert wird und nicht da sein kann. Wenn Benny von möglichen, bevorstehenden Einsätzen spricht, höre ich deutlich seine Hingabe zu diesem Beruf, doch ich sehe auch einen Schimmer von Kummer in seinen Augen, da Einsätze bedeuten, dass er länger von seiner Frau und seiner kleinen Tochter getrennt sein wird. Ich sitze wieder einmal in der Küche und beäuge meine leere Kaffeetasse in den Händen. Die Pause sei mir vergönnt. Seit fünf Uhr bin ich wach und rackere mich für diese Farm ab. Doch eigentlich sind die Mühe und Arbeit völlig sinnlos. Nun gut, nicht ganz, schließlich bringt es mir Geld und den Rindern und Pferden ein Zuhause. Doch durch diese Schufterei wird kein Produkt für die Ewigkeit erschaffen. Irgendwann wird nichts mehr von dieser Farm in den Händen meiner Familie liegen. Vielleicht wird irgendwann sogar nichts mehr davon übrig sein. Vergänglichkeit. Vergänglichkeit ist das, was mich quält. Vergänglichkeit und das dadurch entstehende Neue.

Diana schleppt sich über die Holztreppe. Diese beschwerlichen Schritte können nur ihr gehören. Das Knarren des Holzes und das leise Schnaufen. Und dann kommt sie auch schon um die Ecke, in die Küche. Hinterher trottet Benny mit einem Dauergrinsen. Wie glücklich er ist. Ich sollte es auch sein, ich sollte es mit ihm sein. Schwerfällig lässt sich Diana auf den Sessel neben mir fallen und greift sich mit verzogenem Gesicht auf den Bauch.

„Bin ich froh, wenn das Ganze ein Ende nimmt und wir die Kleine endlich in den Händen halten können!"

„Und ich erst!" Benny setzt sich ebenfalls zu uns.

Ich lächle die beiden an.

„Weißt du", beginnt Benny plötzlich, „wir haben uns noch etwas zu dem Namen der Kleinen überlegt."

Ich ziehe die Augenbrauen fragend hoch: „Ich dachte, sie soll Mary heißen."

„Ja, ja. Sie wird auch Mary heißen. Aber Diana und ich haben uns überlegt, unserer Mary nicht nur einen Namen zu geben."

Ich schaue die beiden erwartungsvoll an und bin gespannt, was jetzt kommen mag.

Diana streicht sich über den Bauch: „Sie soll Mary Sarah Rose heißen."

„Nach ihren Großmüttern benannt", fügt Benny schnell hinzu, „Dianas Mutter heißt Rose."

„Du musst sie unbedingt bald kennenlernen!" Diana nickt erwartungsvoll.

Eine seltene Rührung steigt in mir hoch und ich lächle die beiden glückselig an. Ein Gedenken an meine geliebte Sarah.

„Das klingt wunderschön. Mary Sarah Rose. Wunderschön."

Kurz kehrt Stille ein. Aber keine bedrückende Stille, sondern ein heilende. Vielleicht wird ein Teil von Sarah in unserer Mary weiterleben. Vielleicht ist sie nicht ganz verschwunden, wie ich immer dachte.

„Meine Mutter ist übrigens auch allein", fängt Diana an und sieht dabei auf den Boden, als wäre es eine Bemerkung nebenbei, „mein Vater hat sie schon vor Jahren verlassen. Es wäre, glaube ich, nett, wenn ihr euch bald kennenlernen würdet. Ihr würdet euch super verstehen!"

Ich nicke lächelnd. Es wäre bestimmt nett. Höre ich da etwa einen bevorstehenden Verkupplungsversuch heraus? Nun ja. Das kann ja amüsant werden. Ein ungewöhnliches Grinsen entfährt mir. Ich lasse ihnen den Spaß.

Doch plötzlich erfriert Bennys Gesichtsausdruck, als wäre ihm etwas Vergessenes wieder eingefallen.

„Ich habe übrigens etwas von Kyle gehört", sagt er.

Ich hebe hellhörig den Kopf.

„Was denn?"

„Er wurde anscheinend in eine Psychiatrie eingeliefert. Es geht ihm nicht besonders gut." Er schüttelt traurig den Kopf.

„Ganz toll. Und seine Frau kann nun schauen, wo sie bleibt und sich und das Kind allein versorgen!", schnauft Diana empört.

Ich seufze. Ein Trauerspiel. Kyle tut mir leid. Was er getan hat, tut mir leid. Und es tut mir auch leid, welchen Unsinn er von sich gegeben hat. Wir denken an ihn und hoffen, dass es gut ausgehen wird mit ihm. Irgendwann. Dass es mit uns allen gut ausgehen wird.

Ich räuspere mich und rutsche auf dem Sessel hin und her: „Benny, hast du eigentlich etwas von Luke und Josh in der letzten Zeit gehört? Wie geht es ihnen?"

„Du hast doch ihre Telefonnummer. Ruf sie an und frag', wie es ihnen geht."

Ich weiche seinem Blick aus und schaue auf den Boden. Schweigen.

„Bei mir heben sie doch sowieso nicht ab."

„Woher willst du das denn wissen? Hast du es schon einmal ausprobiert?"

Nein. Oder doch? Vor ein paar Jahren habe ich es öfter versucht. Keiner der beiden hat jemals reagiert.

Schweigen.

„Vielleicht würde eine einfache Entschuldigung helfen", wirft Diana plötzlich ein.

Ich starre sie an.

„Also, ich will mich nicht einmischen, aber soweit ich weiß, hat sich niemals irgendwer dafür entschuldigt, was passiert ist. Natürlich wird auch eine Entschuldigung keine Wunder bewirken, aber es wäre ein Anfang", redet sie weiter.

Ich denke nach. Nein, ein Wunder wird nicht mehr geschehen und ich weiß, dass es niemals wieder ganz in Ordnung kommen wird. Ich war stur, wahrscheinlich bin ich es immer noch. Eine Entschuldigung von meiner Seite kam nie in Frage. Niemals. Wenn man sich entschuldigt, dann muss man sich und seinem Umfeld eingestehen, einen Fehler gemacht zu haben; und das konnte ich damals nicht: Fehler eingestehen.

Als hätte Diana meine Gedanken gelesen, sagt sie auf einmal: „Fehler sind meistens verzeihbar. Nur der falsche Umgang damit nicht. Man muss sie zugeben, Jack."

Zugeben. Wie wahr. Lasse ich mich gerade ernsthaft von meiner Schwiegertochter belehren?

„Gut, gut. Ich rufe sie an. Aber wenn sie nicht abheben …"

„Dann rufe ich sie an und drücke dir mein Handy in die Hand", vervollständigt Benny meinen Satz.

Ich nicke. Wie auf Absprache stehen Benny und Diana gleichzeitig auf und verlassen die Küche. Ich hole mein altes Tastenhandy aus meiner Hosentasche und starre es an. Und dann. Dann rufe ich Luke einfach an. Noch nie war ich so aufgeregt, mein Herz schlägt mir bis zum Hals. Es tütet und tütet und tütet.

„Ja? Hallo?" Es ist Lukes Stimme.

Mein Herz setzt kurz aus.

„Luke? Hallo, ich bin es."

„Ja, ich weiß." Sein Tonfall ist nüchtern.

„Wie geht es dir? Benny hat mir erzählt, dass du dir Corona eingefangen hast. Bist du wieder gesund?" Meine Stimme zittert.

Es ist kurz still, als hätte er damit gerechnet, dass ich nichts davon weiß.

„Ja. Es ist besser. Ich bin eigentlich wieder gesund. Aber einen Marathon könnte ich noch nicht laufen."

„Ok, gut, gut. Und … und finanziell?", frage ich vorsichtig.

Er stöhnt leise auf: „Bitte keine Vorträge! Das kann ich jetzt nicht gebrauchen!"

„Nein, nein! Ich will nur wissen, ob du Hilfe brauchst, ob ich etwas für dich tun kann", beschwichtige ich.

Er wirkt erstaunt: „Danke, nein. Es läuft gerade nicht so rund, aber Josh hilft mir. Vorübergehend. Wenn ich wieder kann, werde ich es ihm langsam zurückzahlen."

Er wirkt distanziert. Natürlich ist er distanziert. Was habe ich denn erwartet?

„Luke? Luke, es tut mir leid."

Ich habe es gesagt, ich habe es einfach gesagt. Stille auf der anderen Seite.

„Alles, was ich getan und gesagt habe, tut mir leid. Es war ein Fehler. Es ist dein Leben und es ist deine Entscheidung. Und wenn du in New York mit deiner Kunst glücklich bist, dann ist das gut so. Das habe ich jetzt begriffen!"

„Das ging aber schnell. Nach Jahren, wow", meint er nicht ganz überzeugt.

„Ich weiß, ich weiß, ich bin ein Esel. Ein Vollidiot. Aber es tut mir wirklich leid!" Ich komme in einen richtigen Redefluss und spreche weiter: „Wenn du Hilfe brauchst, sag' Bescheid. Wenn es wieder möglich ist und du mich und die Farm einmal besuchen willst, dann bist du willkommen. Oder wenn ich bei dir vorbeischauen darf, würde ich mich auch freuen."

„Mhm. Mal sehen, aber danke."

Wir reden noch kurz über dies und das. Über die kleine Mary, die bald kommen wird. Ich erzähle kurz von Kyle und er erzählt von New York in den letzten Monaten. Er ist nicht euphorisch, aber auch nicht eiskalt. Es ist ein Anfang. Und dann ist das Gespräch auch schon wieder beendet und das Adrenalin sinkt schlagartig ab und macht mich unglaublich erschöpft. Doch ich will auch noch Josh anrufen. Es piept wieder und ich rechne nicht damit, dass er abheben wird.

„Vater! Wie komme ich zu der Ehre?" Sein Tonfall ist kalt, fast verächtlich.

„Josh. Ich wollte fragen, wie es dir geht."

„Hervorragend."

„Schön."

„Ja, schön. Nimm es mir nicht übel, wenn ich dich nicht frage, wie es dir geht." Er zeigt sich um einiges aggressiver und streitlustiger als Luke.

„Josh. Es tut mir leid. Alles, was passiert ist. Ich will mich ändern und ich hoffe, dass du und Luke mir eines Tages verzeihen könnt oder mich zumindest nicht mehr hasst."

„Wenn du mich und meinen Weg tolerierst? Vielleicht, aber versprechen kann ich nichts."

Er glaubt mir nicht wirklich, ich höre es an seiner kalten Stimme.

„Ich toleriere es nicht nur, ich akzeptiere und respektiere es. Es tut mir wirklich leid. Du weißt, ich verstehe dieses ganze Internetzeug nicht, aber hey, du hast damit Erfolg, das schafft auch nicht jeder und da könnte ich eigentlich auch stolz sein", fahre ich fort.

„Könntest du, ja. Ist das jetzt so eine Art Sinneswandel? Wurdest du bekehrt?", beginnt er langsam auf mich einzugehen.

Ich lache leise: „Anscheinend."

„Gut. Es ist viel passiert, das kann nicht einfach vergessen werden." Er stockt kurz und sagt dann: „Aber deine Einsicht ist womöglich ein Anfang."

Ja, ein Anfang. Ich merke zwar, dass es noch ein langer Weg sein wird, bis man sich irgendwie wieder näherkommt, aber ich will diesen Weg gehen. Das Telefonat mit Josh ist wesentlich kürzer und bald verabschieden wir uns wieder. Es wird nicht einfach, es wird nie ganz vergessen werden und ich bin auch kein komplett neuer Mensch im Vergleich zu damals. Vielleicht bin ich immer noch stur und launisch und keine Person, die wirklich umgänglich ist. Aber ich bin ruhiger, habe bemerkt, dass ich mich nicht gegen den Lauf der Zeit und die Vergänglichkeit sträuben kann. Ich kann die Vergangenheit nicht zurückholen und die Zukunft nicht beeinflussen. Die Zukunft ist Zufall. Plötzlich scheint es so, als würde Sarah in der Küchentür stehen, ich kann sie ganz deutlich sehen. Ihre verschränkten Arme und die zarten Fältchen, die sich um ihre lächelnden Augen und um ihren lächelnden Mund bilden. Sie steht da, sie ist kurz wieder da und sie wirkt stolz. Ja, ein bisschen stolz. Und da überkommt mich wieder dieses Gefühl. Dieses Gefühl, dass alles so schön sein könnte. Ich stehe auf und gehe auf sie zu. Sie streicht sich ihre blonden Haare hinter die Ohren und kommt auf mich zu, als würden wir uns gleich vereinen, als würde ich sie gleich wieder in den Armen halten können. Nun ist sie ganz nah, ich spüre sie, ihren sanften Atem und ich rieche ihren Duft. Doch als ich meine Hand ausstrecke, kurz bevor wir uns berühren, löst sie sich auf. Wie der Nebel im

Sonnenschein. Sie ist einfach wieder weg und ich stehe dumm im leeren Raum herum. Es könnte so schön sein.

Dieses traurige Gefühl krabbelt durch meinen ganzen Körper, dieses Gefühl, das mir leise zuflüstert, dass die Welt nicht perfekt ist und nie perfekt sein wird. Vielleicht war sie auch damals nicht perfekt und ich habe es nur nicht bemerkt. Dieser Weltschmerz, der mir die ewige Unzulänglichkeit vors Auge führt, der mir zeigt, dass meine eigene, schöne Vergangenheit vorbei ist und nie zurückkehren wird. Der Schmerz bleibt, vielleicht werde ich es nie verkraften. Doch nun akzeptiere ich zum ersten Mal diesen Weltschmerz, weil er ein Teil von mir ist. Denn es ist, was es ist und es ist gut, auch wenn es nicht gut ist.

Ling

31. Mai 2020

Es ist früh am Morgen und die Kühle der Luft trägt noch die Nacht in sich. Die Sonne, die langsam hinter dem Horizont aufsteigt, ist noch müde und schwach. Sie braucht ihre Zeit, um aufzuwachen. Und ich brauche Zeit, um mich zu orientieren. Die Bahnhofshalle ist so groß und kalt und jeder Schritt, den ich setze, wirkt so, als würde er ins Nichts führen, als würde er mich nicht von der Stelle bringen. Zwei Koffer sind alles, was ich habe. Zwei Koffer, die ich steif hinter mir herrolle. Den Rest, den ich nicht mitnehmen kann, der nicht in diese zwei Koffer gepasst hat, habe ich verkauft oder entsorgt, denn ich kann nichts mehr damit anfangen. Ganz allein schleiche ich durch die Bahnhofshalle und neige den Kopf unsicher nach unten. Es fühlt sich so an, als würden die Blicke aller anderen schonungslos auf mir ruhen und das ertrage ich nicht. Keinen einzigen Blick ertrage ich. Auch wenn ich mir die Blicke wahrscheinlich nur einbilde, auch wenn sich wahrscheinlich keiner für diese schlurfende Gestalt interessiert, lasse ich meinen Kopf zum Boden hinunter geneigt. Es ist sicherer. Es fühlt sich sicherer an. Vielleicht fangen mich dann auch nicht die Kameras ein, wenn sie mein Gesicht nicht sehen. Wahrscheinlich schon. Ich gehe auf einen der Schalter zu, um mir ein Zugticket zu kaufen. Ein Zugticket, das mich endlich aus Peking wegbringt, ein Zugticket zu meinen Eltern, in mein Dorf, zu den Pfirsichen. Es ist der einzige Ort, zu dem ich flüchten kann, in dem ich noch eine kleine Chance habe, ein Leben zu führen, wo ich vielleicht vergessen kann. Denn hier in Peking habe ich nichts mehr, rein gar nichts. Kurz nachdem ich diesen hysterischen Anfall auf offener Straße hatte, ging Xiaolong fort. Ohne große Worte nahm er den Zug nach Shanghai, zog in die neue Wohnung, begann dort mit seiner neuen Arbeitsstelle und kam nicht wieder. Er sah mich nicht an, als er mit seinen Sachen die Wohnung verließ, er schloss einfach die Tür hinter sich und ich hörte seine Schritte das letzte Mal die endlose Treppe hinunter trippeln. Irgendwie war ich froh, als er weg war, als ich seine Anwesenheit – wie einen ewigen Schatten – nicht mehr auf mir spüren musste, aber dann fühlte ich mich plötzlich ganz allein. Keine Schritte, keine Atemzüge mehr in dieser Wohnung, außer meine eigenen. Nicht von Maja und nicht von Xiaolong. Es verging nicht viel Zeit, da nahm auch schon das nächste Unglück seinen Lauf. Ich öffnete den Briefkasten wie jeden Tag und plötzlich hatte ich das Kündigungsschreiben meiner Firma in der Hand. Und als wäre das nicht schon fatal genug, trudelte ein paar Tage später auch die Kündigung meines Mietvertrages ein. Kind weg, Mann weg. Job weg, Wohnung weg. Zufall? Nein, ganz gewiss nicht. Als ich die Briefe in den zittrigen Händen hielt und las, wusste ich, dass das Schlimmste eingetreten war. Das Gefühl, alles zu verlieren und nichts mehr zu haben, ist, als würde ein Lastwagen mit seinen dicken, schweren Reifen direkt über dich fahren und dann nochmals zurückschieben und wieder über dich fahren, solange bis du dem Erdboden gleichst. Als ich las, fuhr dieser Lastwagen Tausende Male über mich, doch ich schrie nicht und ich weinte nicht. Ich war nicht einmal überrascht, ich saß einfach nur stumm herum. Es war die Schwarze Liste, es war bestimmt die Schwarze Liste, es gab keinen anderen Grund dafür. Ich hatte mir einfach zu viel erlaubt. Zuerst rannte ich mit Maja durch halb Peking, um ins Krankenhaus zu kommen, obwohl wir das Haus nicht verlassen durften. Nach ihrem Tod fehlte mir die Kraft, die Regeln zu befolgen. Oder nein, ich habe sie bewusst gebrochen, um mich lebendig zu fühlen, um den Schmerz durch stille Rebellion zu lindern. Und dann der Zusammenbruch auf offener Straße. Ich habe um mich geschlagen und Autos demoliert und auf Xiaolong gespuckt und eingetreten. Was will man mehr? Ein Punkteabzug in gigantischem Ausmaß und schon bin ich auf der Schwarzen Liste. Keine Arbeitgeber und keine Vermieter möchten etwas mit jemandem zu tun haben, der auf der Schwarzen Liste steht. Ich wusste, dass ich bald kein Geld und kein Zuhause mehr haben würde und so musste ich mir etwas einfallen lassen. Ein neues Leben bei meinen Eltern am Hof – meine einzige Hoffnung.

So stehe ich nun vor dem Schalter und bitte die Dame dahinter um das Ticket. Sie tippt in ihren Computer ein, fragt mich nach meinem Ziel und meinem Namen und ich antworte ihr. Sie nickt, als sie so herumklickt und ihr brauner Zopf schwingt dabei hin und her. Dann hebt sie den Kopf, mustert mich skeptisch und fragt nochmals nach meinem Namen. Doch der hat sich in der letzten Minute nicht geändert. Ich wiederhole ihn kleinlaut, dann nickt sie wieder, starrt auf den Bildschirm und kräuselt ihre knallrot bemalten Lippen.

„Es tut mir leid, aber ich kann Ihnen kein Ticket verkaufen", sagt sie plötzlich.

Ich starre sie an.

„Warum?"

Sie räuspert sich, man fühlt ihr Unbehagen.

„Nun ja, sie stehen auf der Schwarzen Liste, das bedeutet: kein Ticket für Sie. Nirgendwohin." Sie senkt die Stimme, während sie spricht.

Stimmt. Die Schwarze Liste. Ich habe schon völlig verdrängt, dass man keine Chance auf ein Zugticket, geschweige denn auf ein Flugticket hat, um zu verreisen, wenn der Punktestand nicht in Ordnung ist. Keine Möglichkeit zu fliehen. In ewiger Gefangenschaft mit seinem eigenen Unheil. Ich nicke der Frau am Schalter zu, so als würde ich verstehen. Aber ich verstehe es nicht, ich verstehe den Sinn dieses Systems nicht. Sicherheit vor Freiheit. Doch kann man sich sicher fühlen, wenn Freiheit völlig fehlt? Lange war mir Freiheit egal, lange dachte ich nicht über sie nach. Es wird schon alles seine Richtigkeit haben, dachte ich, so wie die meisten denken. Aber jetzt, wo ich nicht mehr in dieses System passe, wirkt alles so sinnlos und ungerecht. Erstmals macht mir diese Kontrolle Angst, diese völlige Kontrolle über jeden Schritt, den ich setze. Ich drehe mich um und gehe wieder, gehe weg von dem Schalter, gehe ohne Ziel durch die Bahnhofshalle und versuche zu verdrängen, dass die Kameras auf mir ruhen. Zum ersten Mal an diesem Tag hebe ich den Kopf und lasse meinen Blick über die anderen Leute schweifen. Spüren sie die Kameras, die sie beobachten, täuschen sie ihr tadelloses Benehmen nur vor oder sind sie wirklich so fromm? Wären sie auch so verbissen freundlich, wenn sie unbeobachtet wären? So viele Fragen über die Menschen, die meine Landsleute sind, zu denen ich eine Verbindung fühlen sollte. Aber ich fühle nichts außer Leere und Ratlosigkeit. Plötzlich, als mein Blick so umherwandert, bemerke ich, dass nur wenige Leute hier sind. Nun gut, wenige kann man auch nicht sagen, aber viele sind es bei weitem nicht. Nicht so viele wie üblich. Üblich wäre es, wenn sich eine Menschenmasse nach vorn wälzt, immer weiter nach vorn, bis sie das Ziel erreicht, als hätte jede Menschenseele das gleiche Ziel. Doch heute scheint niemand denselben Weg zu gehen. Sie zerstreuen sich in alle Richtungen. Wahrscheinlich wird es noch länger dauern, bis das Wälzen einer Menschenmenge ein vertrauter, sorgloser Anblick wird. Die Menschen meiden einander und weichen sich aus, als wären sie Gift füreinander. Eine Zeit lang dachten wir, Corona sei in China unter Kontrolle und nur der Rest der Welt müsse sich noch damit abkämpfen. Wir dachten, wenn wir vorsichtig seien und einander meiden würden, würde einer schönen Zukunft nichts im Wege stehen. Doch das Coronavirus denkt nicht so. Es kommt wieder, es breitet sich wieder mehr aus und die Menschen bleiben wieder mehr zu Hause. Ein zweiter Lockdown kommt zwar noch nicht in Frage, denn so schlimm sind die Zahlen der Neuinfizierten auch wieder nicht, aber die Angst vor einer zweiten Welle bleibt: Wahrscheinlich sehr lange noch, denn von selbst wird Corona nicht verschwinden. Als hätte die Welt nicht schon genug Probleme, beherrscht sie nun auch eine nie enden wollende Seuche. Wenn man das Wort „Seuche" hört, dann denkt man doch an das Mittelalter, an die Pest. Denkt man da an eine moderne Zivilisation im 21. Jahrhundert? Von nun an schon. Ich schnaufe gequält. Wann hat das bloß alles ein Ende? Ich schlurfe durch die helle Bahnhofshalle und frage mich, wohin mit mir, ich frage mich, was ich nun machen soll. Vielleicht lasse ich mich in irgendeiner alten, vermoderten Bruchbude nieder, die eine kleine Kammer frei hat, in der ich schlafen kann und wenig zahlen muss. Vielleicht werde ich die Toiletten von Einkaufszentren putzen und irgendwann tot und vergammelt im Graben gefunden werden. Oder ich rufe einfach meinen Bruder an und bettle um Gnade. Er hat ein Auto, er könnte mich abholen und mich zu uns nach Hause bringen. Auf den Hof, zu unseren Eltern, zu unseren Pfirsichen. Vielleicht erbarmt er sich und nimmt die stundenlange Autofahrt nach Peking in Kauf, um mich vor meinem Schicksal zu retten. Ich gehe aus der Bahnhofshalle hinaus, während ich in meiner Handtasche nach meinem Handy wühle und versuche, dabei noch meine zwei Koffer vor mir her zu schieben. Ein Schwall aus unterschiedlichsten Geräuschen schlägt mir wie eine Welle entgegen. Der Stadtlärm prasselt auf mich ein wie ein tobendes Gewitter. Kurz hatte ich vergessen, wie laut Peking ist. Ich schiebe meine Koffer an die Bahnhofsmauer und setze mich darauf, während ich die Nummer meines Bruders wähle, mir das Handy ans Ohr halte, dem Piepen lausche und den Autos zusehe, wie sie hektisch ankommen und wieder abfahren.

Das regelmäßige Surren des Autos löst eine wohlige Wärme in mir aus. Schon lange bin ich nicht mehr in einem Auto gesessen. Ich habe schon fast vergessen, wie entspannend es ist, wenn die Welt an einem vorbeizieht, während man selbst einfach nur dasitzt und dem Geräusch lauscht. Ich drehe meinen Kopf auf die Seite und schaue meinen Bruder an. Er fuhr vier Stunden nach Peking, um mich zu holen, und ich wartete die gesamte Zeit vor dem Bahnhof, auf meinen Koffern sitzend. Nun fahren wir vier Stunden wieder zurück in unser Dorf. Acht Stunden Autofahrt. Nur für mich. Ich lächle ihn von der Seite an. Schon lange hat niemand so etwas Liebes für mich gemacht. Er spürt mein Lächeln und dreht den Kopf kurz zu mir, dann aber gleich wieder in Richtung Straße.

„Danke, Bao", flüstere ich fast unhörbar.

„Bitte", er nickt kurz, dann dreht er den Kopf wieder kurz zu mir, „wie geht es dir?"

„Beschissen", lächle ich müde, „ziemlich beschissen."

Er nickt wieder.

„Habt ihr eigentlich schon Probleme wegen der Schwarzen Liste bekommen? Ich weiß ja, dass die gesamte Familie mit Punkteabzug bestraft wird oder selbst auf der Schwarzen Liste landet."

„Nein, noch nicht. Ich hoffe, es bleibt so", antwortet er nüchtern.

Ich schaue ihn weiter an, mustere sein Gesicht und sehe unsere Ähnlichkeit. Wie seine Hände das Lenkrad umfassen und seine Armmuskeln vom schweren Schleppen der Pfirsichkisten hervorstechen. Wie sehr ich meinen kleinen Bruder doch vermisst habe.

„Seid ihr böse auf mich? Wegen der Schwarzen Liste", frage ich bedrückt.

„Also begeistert sind wir nicht, nein. Aber böse auch nicht." Er lächelt mir wohlwollend zu und fährt fort: „Wir wissen ja, dass du eine schwere Zeit hast und da hat eben eines zum anderen geführt und schon waren die Punkte weg. Aber wenn auch wir auf die Schwarze Liste kommen, haben wir ein Problem."

„Ja."

„Es tut mir wirklich wahnsinnig leid. Es ist schrecklich. Das mit Maja."

„Ja, das ist es."

„Zwei Kinder zu verlieren", er schnauft traurig, „furchtbar! Und dann auch noch die Schwarze Liste und Xiaolong ist auch weg."

„Zum Glück ist der weg", sage ich leise lächelnd.

Bao schüttelt ebenfalls lächelnd den Kopf.

Mein kleiner Bruder Bao ist der Einzige, abgesehen von mir und Xiaolong, der über Mulan Bescheid weiß. Er redete damals auf uns ein, Mulan zu behalten, aber Xiaolong wollte nicht auf ihn hören. Xiaolong machte ihm auch noch indirekt Vorwürfe, dass er schuld sei, dass wir Mulan nicht behalten konnten. Weil es ihn gab, weil meine Eltern nach mir noch ein zweites Kind bekommen durften, weil ich ein Mädchen war und Bauern mit einem Mädchen noch ein zweites Kind bekommen durften. Aber Xiaolong hatte schließlich auch einen Zwillingsbruder und dem machte er keine Vorwürfe. Hätten wir keine Geschwister gehabt, hätten wir womöglich eine Chance gehabt, Mulan ohne Strafe zu behalten. Aber Bao die Schuld dafür zu geben: Das war einfach nur ekelhaft. Einfach ruchlos. Mir schaudert. Ich lasse meinen Blick wieder auf die Straße gleiten und hoffe, irgendwann vergessen zu können.

Vor mir erstreckt sich das chinesische Gebirge, eingetaucht in das blutrote Licht des Sonnenuntergangs. Der ganze Stadtlärm Pekings ist verstummt und die Luft ist frei von penetranten Gerüchen. Ich sitze am Boden und lehne mich an einen Pfirsichbaum, der von hundert anderen Pfirsichbäumen umzingelt ist. Die Pfirsiche sind noch nicht reif, aber die kleinen grünen Früchte sind schon zu erkennen. Ein zufriedenes Lächeln huscht über meine Lippen. Es scheint, als wäre ein kleines Wunder eingetreten. Ich bin wieder hier, bei meinen Pfirsichen. Und wahrscheinlich werde ich nie wieder gehen. Ziemlich sicher sogar. Ich atme kräftig ein, sauge die kühle Luft auf, die nach Stein, Rinde und unreifen Früchten riecht. Hier kann ich bleiben, hier wird immer Hilfe bei der Arbeit gebraucht. Vielleicht bin ich angekommen. Ich schließe die Augen und lausche dem Zwitschern der Vögel. Sie singen sich zu, als würden sie gute Nacht sagen wollen. Zwischen die Melodie der Vögel mischt sich leise das Säuseln des Windes. Er tanzt um meinen Körper, streicht zart über meine Haut, als würde er mich einhüllen wollen, als würde er mich tröstend umarmen wollen und mich sanft in den Schlaf wiegen. Er flüstert mir leise zu, er flüstert: „Ich freue mich schon, wenn wir bei Oma und Opa sind. Dann wird alles besser!"

Es ist Majas Stimme.

„Die flauschigen Pfirsiche in den Händen, die vielen Bäume neben dem Haus und die Berge um uns herum. Ich sehe es schon."

Der Wind bringt Majas Worte zurück. Ihre letzten Worte. Mein Herz krampft sich zusammen und am liebsten würde ich schreien. Einfach den Schmerz herausschreien. Ganz leise spricht Maja mit dem Säuseln des Windes mit. Als würde sie in mein Ohr flüstern: „Du darfst es nie vergessen."

Nein, ich habe es nie vergessen und jetzt bin ich hier. Obwohl ich doch mit ihr hier sein wollte. Meine Augen fangen an zu brennen und mein Inneres wird ganz schwer, als wäre mein

Herz mit Steinen gefüllt und könnte die Last nicht mehr tragen. Tränen beginnen über meine Wangen zu laufen. Tränen, die heiß und gleichzeitig kalt sind. Sie laufen weiter, bis sie meine Lippen berühren. Tränen, die süß und salzig zugleich sind. Sie laufen weiter, bis sie auf den Boden tropfen. Ich lasse mich neben den Pfirsichbaum fallen und liege wimmernd am Boden, mit den Händen einen kleinen, unreifen Pfirsich umklammernd und an mein Herz pressend. Es tut weh, es tut so schrecklich weh. Doch es ist vorbei. Maja ist weg, Maja ist nicht mehr hier. Der Wind tanzt weiter um mich und immer weiter und ich lausche das letzte Mal Majas Stimme. Dann trägt der Wind sie fort, über die Wipfel der Bäume und die Spitze der Berge, bis hin zum brennenden Himmelszelt.

Ein letzter, heftiger Windstoß fegt über mich und ein Gefühl legt sich langsam auf mich nieder. Ein Gefühl, das den ganzen Schmerz der Welt in sich trägt. Und zum ersten Mal bemerke ich, dass dieses Gefühl schon immer da war, dass ich es immer und immer wieder gefühlt habe. Ich wusste, dass ich von allen Seiten unterdrückt werde, dass mir alles genommen wird. Doch nun kehrt dieses Bewusstsein darüber im tiefsten Inneren meines Herzens ein und ich nehme es in mir auf, weil es nun ein Teil von mir ist, weil ich die ewige Ungerechtigkeit dieser Welt begriffen habe, die ich nicht ändern kann. Ich nehme den Weltschmerz an. Denn es ist, was es ist und es ist gut, auch wenn es nicht gut ist.

Antonio

12. Juni 2020

Wir kommen zu zweit aus dem Krankenhaus heraus. Dicht aneinandergepresst, von Sicherheitsabstand kann keine Rede sein, obwohl wir es doch besser wissen müssten. Unsere Fingerspitzen berühren sich sanft und unauffällig. Aber vielleicht ist es auch gar nicht so schlimm, sich zu berühren. Jetzt, wo wir beide schon Corona hatten und generell kein Blatt Papier mehr zwischen uns passen könnte. Geistig. Wohl auch körperlich. Ich lächle sie von der Seite an. Seit dem Tod meines Vaters ist viel passiert. Als ich wieder gesund war und die Kraft fand, wieder zu arbeiten, beruhigte sich die Lage im Krankenhaus. Die Zahl der Toten und Neuinfizierten sank und die Intensivstation lief wieder auf Normalbetrieb. Doch natürlich bleibt die Angst vor einer zweiten Welle. Das Virus lebt immer noch zwischen uns. Und die Erinnerung bleibt auch. Die Erinnerung an die vielen Kranken und Toten und die Trauer, die tiefe Trauer, dass das Virus nicht einmal vor meiner Familie Halt gemacht hat. Anfangs konnte ich nicht begreifen, dass er wirklich tot ist, ich vermochte mich nicht an den Gedanken zu gewöhnen, dass irgendetwas diesen Mann überwältigen konnte. Wenn ich mir vorstellte, nach Hause zu kommen und über die Türschwelle zu treten, dann sah ich ihn am Küchentisch sitzen. Er war einfach da. Es konnte nicht anders sein. Nach Tagen und Wochen, als sich alles langsam realer anfühlte, realisierte ich, dass sich die Wirklichkeit durch Verleugnung nicht verändern lässt, ich realisierte, dass er nicht mehr da war, ich realisierte, dass er nicht am Küchentisch sitzen würde, wenn ich das nächste Mal nach Bergamo käme und dass von nun an alles anders sei. Es war furchtbar. Aber als ich wieder gesund war, half mir die Arbeit, mich abzulenken. Ich fühlte mich nicht mehr überfordert oder dem Virus hilflos ausgeliefert, obwohl wir das eigentlich noch immer alle waren, aber irgendwie hatte ich mich wieder im Griff. Wie durch ein Wunder. Die Toten und Kranken berührten mich immer noch, immer wieder und für immer, doch ich fand allmählich Abstand. Abstand von dem Leid der Welt und von meinem eigenen. Denn sie war da. Sie hatte auch Corona gehabt und wir kamen zugleich wieder in das Krankenhaus zurück. Ein Blick, ein Lächeln reichte und alles schien vergessen. Wie durch ein Wunder. Ihre sanfte Stimme, wenn sie mit mir sprach, ihr keckes Kichern, wenn sie mich zum Lachen bringen wollte und es schaffte, lösten in mir eine urplötzliche Zufriedenheit aus, wie ich sie lange nicht mehr gespürt habe. Sie hatte mich durch einen Blick erkannt, es fühlte sich an, als würde sie mich besser kennen als jeder andere. Und nicht nur das. Es war auch die Kunst an ihr, nicht nur zu erkennen, sondern auch zu verstehen, wer oder wie ich war. Sie faszinierte mich immer mehr und ich ließ die Faszination zu. Und so redeten wir immer öfter und länger miteinander, wir lächelten uns aus der Ferne im Gang an, wir ärgerten uns gegenseitig wie kleine Kinder, wenn sie in den Pausenraum der Ärzte kam und ich vergaß für kurze Zeit die Welt um mich herum, wenn sie da war. Was für ein Kitsch. Irgendwann stand sie plötzlich vor meiner Wohnung und ich ließ sie herein. Immer wieder kam sie und bald war jegliches Abstandhalten vergessen. Bald ging ich auf sie zu und nahm ihr Gesicht in meine Hände, drückte sie an die Wand und legte meine Lippen auf ihre. Bald lag sie unter mir, ich spürte ihren keuchenden Atem auf meiner Haut und sog die Wärme und den Duft ihres Körpers in mir auf. Immer und immer wieder. Bald war sie überall, wo ich war. Bald gab es ein Wir, ein Uns. Antonio und Giulietta.

Wir gehen an einem Kamerateam vorbei, das sich vor dem Krankenhaus befindet. Als sie uns sehen, winken sie uns hektisch zu sich. Ich bin skeptisch und frage mich, was sie bloß wollen, aber bevor ich mich wehren kann, zieht mich Giulietta auch schon dorthin. Kurz versuche ich mich zu beschweren, öffne den Mund, um zu meckern, aber da wird uns auch schon aus gut zwei Metern Entfernung ein Mikrofon vor das Gesicht gehalten. Verdattert schaue ich in die Kamera und versuche mich auf die Frage zu konzentrieren, die uns der Mann neben der Kamera stellt.

„Arbeiten Sie als Ärzte in diesem Krankenhaus?"

„Er ist Arzt, ich bin Krankenschwester", antwortet Giulietta.

„Wie fühlt es sich an, als Helden der Krise gefeiert zu werden?"

„Die Helden können Sie sich sonst wohin schmieren! Wir machen diesen Beruf schon jahrelang und nie wurde dem Pflegepersonal auch nur ein Hauch von Dank gezeigt und auf einmal sind wir die Helden." Ihre Stimme ist kräftig und aufgebracht: „Ich sehe mich definitiv nicht als Heldin, nein! Wir machen einfach das, was wir schon immer gemacht haben, nur jetzt sehen endlich alle, was hinter dieser Arbeit steckt!"

Ich nicke nur und weiß nicht, was ich dazu sagen soll. Wie recht sie hat.

„Glauben sie, dass die Coronakrise eine Chance ist für das Gesundheitssystem? Viele behaupten ja nun, die Arbeit von Pflegerinnen und Pflegern mehr wertzuschätzen", fragt der Mann weiter.

Giulietta lacht süffisant.

„Glauben Sie das wirklich? Ich glaube nicht. Spätestens in ein paar Monaten haben die Leute die Helden der Krise wieder vergessen! Und auch wenn sie die Arbeit nun mehr wertschätzen, ganz ehrlich? Was bringt es uns? Nichts. Wir werden immer noch schlecht bezahlt, unser Gehalt ist eine Farce! Nur weil Pfleger und Pflegerinnen keine Ärzte sind, bekommen sie einen Hungerlohn. Solange sich das nicht ändert, steckt hinter der Krise keine Chance!"

Ich nicke wieder.

Sie fuchtelt wie wild mit ihren Händen herum und verleiht ihren Worten Nachdruck. Sie ist in Rage, es ist ihr egal, wie sie wirkt, ob sie womöglich als Zicke gesehen werden könnte oder als Rebellin. Sie sagt einfach das, was sie denkt, was schon lange gesagt hätte werden müssen. Unser Gesundheitssystem ist nicht stabil, sogar marode. Es fehlt an Pflegern, es fehlt an Geld. Das zeigt die Krise. Würden Pfleger und Krankenschwestern mehr verdienen für ihre harte Arbeit, würde es auch mehr von ihnen geben. Bestimmt. Das Kamerateam lauscht gespannt ihren Worten, dann wendet es sich an mich.

„Und Sie? Wie erleben Sie als Arzt die Krise?"

Und dann beginne ich zu erzählen. Ich erzähle von der überfüllten Intensivstation, von den fehlenden Beatmungsgeräten, von den Menschen, über deren Leben oder Tod wir entscheiden mussten, von den Kranken, die wir nach Hause schicken mussten und von denen, die einfach starben, obwohl sie auf dem Weg der Besserung schienen. Ich erzähle und will plötzlich unbedingt, dass andere davon erfahren, was ich gesehen habe. Ich erzähle ohne Gefühlsausbrüche, wie ein kalter Stein, aber tief drinnen tun die Erinnerungen weh. Und dann, weil ich in diesem ungewohnten Redefluss bin, muss ich ein Problem ansprechen, das mir auf der Seele brennt, das viele nun einfach vergessen, obwohl auch die Menschen, denen meine Sorge gilt, von Corona betroffen sind: die Flüchtlinge. Sie flüchten weiter vor Krieg und Angst. Sie sitzen fest in riesigen Flüchtlingslagern in Griechenland, Tausende auf engstem Raum und ohne fließendes Wasser und keiner schert sich um sie. Das Lager in Moria ist ein Lager der Angst und Gewalt. Corona macht auch nicht vor den Schwächsten Halt. Wenn das Virus diesen Ort erreicht, breitet es sich wie ein Lauffeuer aus. Aber weil es in Griechenland ist und nicht mehr in Italien, weil es nicht mehr in den Medien besprochen wird, ist es weit, weit weg, ist es uninteressant für uns. Wie wütend mich das macht! Ich rede einfach darauf los, spreche davon, dass Europa endlich eine Lösung dafür finden soll. Dass die Flüchtlinge aus dem Lager geholt werden müssen und auf EU-Staaten aufgeteilt werden sollen, damit sie der Gefahr des Virus nicht hilflos ausgeliefert sind, denn Abstand halten und Hygiene sind dort schwer zu erfüllende Bedingungen. Diese Menschen können nicht für immer dort bleiben, sie brauchen ein Zuhause. Erbarmt man sich ihrer erst, wenn sie von Ratten gefressen werden? Wahrscheinlich nicht einmal dann. Warum will denn keiner diesen Menschen helfen? Und als ich mir den Frust von der Seele rede, in der Hoffnung, andere Menschen damit zu erreichen, spüre ich, wie das Kamerateam immer hellhöriger wird.

Anfangs war ich bloß ein Arzt, sie hatten eine realistische Vorstellung von mir: Ein Mann, der Krankheiten diagnostiziert und oft auch heilen kann, ein Mann, der in anderen Körpern herumschnippelt, weil es ihn medizinisch interessiert und weil er viel Geld dafür bekommt. Ein Arzt aus Interesse und nicht aus reinem Altruismus. Die meisten sind doch so, die meisten, die ich kenne. Aber vielleicht bin ich ein bisschen anders, vielleicht bemerkt das Kamerateam, dass es mich nicht nur anatomisch interessiert, sondern dass ich auch helfen will, dass ich Leid lindern will. Sie nicken mir zu, als würden sie mich verstehen, als würden sie auch so denken wie ich. Ich atme erleichtert aus, als ich fertig erzählt habe. Giulietta umgreift meinen Arm und lehnt ihren Kopf an mich. Als wäre sie stolz auf mich, als würde sie mir Trost und Wärme spenden wollen, weil ich mir alles tapfer von der Seele rede.

Wir sitzen auf einer Bank auf der Piazza und beobachten die Leute, die an uns vorbeigehen. Die Sonne sticht auf uns herab, die Sonne dringt durch meine Haut. Giulietta lehnt sich an mich, während sie ihr Eis isst, und ein warmer, zarter Sommerwind weht mir ihre Haare ins Gesicht. Ich schließe die Augen und inhaliere ihren Geruch, diesen süßen, warmen Geruch. Wir reden nicht, denn geredet haben wir vor den Kameras genug, wir sitzen da und existieren einfach nur für einen kurzen Moment. Zusammen und miteinander. Ich denke darüber nach, was passiert ist, was Corona mit meiner Welt angerichtet hat und was davor schon angerichtet gewesen war. Ich denke darüber nach, wie es sein wird, wenn ich bald wieder meine Familie in Bergamo besuchen kann, wie mich die traurigen, mitgenommenen Gesichter meiner Mutter und meines Bruders begrüßen werden und wie die tiefe Leere in mir einkehren wird, wenn alles um mich herum mir klar macht, dass mein Vater weg ist. Ich denke darüber nach, wie die Zukunft aussehen wird. Ob mit oder ohne Corona, ob sie grau und trist wird oder schön und hoffnungsfroh. Ob sich die Welt ändern wird, nach dieser Pandemie, ob Missstände aufgeklärt werden können, ob mehr Menschlichkeit entstehen wird, ob man sich umeinander sorgen wird. Es ist fraglich, unsere Zukunft ist fraglich. Aber ich trage etwas Tröstliches in mir: Den Gedanken, endlich erkannt worden zu sein. Von ihr, von Giulietta. Vielleicht wird dieser Gedanke alles Gebrochene irgendwann heilen, vielleicht wird sie für immer bei mir sein. Mein Blick gleitet zu ihr hinunter und ich lege meinen Arm um sie. Die Geräusche der Stadt Rom umhüllen uns und wir versinken im Knattern der Vespas, im Plätschern der Brunnen und im warmen Sommerwind.

Ein tröstliches Gefühl breitet sich in mir aus. Ein Gefühl, das eine unglaubliche Wucht an Leid und Schmerz in sich trägt und dennoch befreiend ist. Es löst alle Verlorenheit aus mir heraus. Es fließt mit all seiner Kraft und Grausamkeit durch meine Adern. Ein Gefühl, das in diesem Moment allein mir gehört: Der Weltschmerz, den ich als Teil meiner Vergangenheit, Gegenwart und Zukunft betrachten kann, der nach mehr Menschlichkeit auf dieser Erde schreit und den ich nun mit all meinen Sinnen durchlebe und akzeptiere. Denn es ist, was es ist, und es ist gut, auch wenn es nicht gut ist.

Amira

26. Juni 2020

Unglaublich, aber wahr: Seit Anfang Juni sitzen wir wieder in der Schule, seit Anfang Juni haben das Distance-Learning und die unzähligen Videokonferenzen endlich ein Ende genommen. Mein Blick schweift durch die halbleere Klasse, zwischen jedem Schüler sind mindestens ein bis zwei leere Sitzplätze vorhanden. Schichtbetrieb und Abstand halten. Immer ist ein Fenster geöffnet und wir waschen fast jede Pause unsere Hände. Es ist so anders und trotzdem gewöhnt man sich schnell daran, irgendwie ist es auch angenehm, wenn nur die Hälfte der Klasse und die Hälfte der Schule hier sind. Ruhiger, entspannter, fast familiär. Ich sitze auf meinem alten Platz, ganz hinten am Fenster – unauffällig sein und doch alles im Überblick haben. So, wie ich es mag. Nora ist wie immer an meiner Seite, auch wenn uns ein freier Platz voneinander trennt. Wie froh ich bin, sie endlich wiederzuhaben.

Es hat zur ersten Stunde geläutet und Innhof kommt mit seinem Entengang und seiner krummen Haltung in die Klasse geschlurft. Ich hatte seinen Anblick heute schon zu ertragen, denn bevor ich das Schulgebäude betreten konnte, musste ich mich an ihm vorbeischlängeln. Innhof stand neben seinem Auto und wühlte in einer Tasche. Als ich an ihm vorbeimarschierte, grüßte ich ihn mit einem „Morgen". Anfangs dachte ich, er hätte mich nicht gehört, denn er reagierte mit keiner Faser seines Körpers. Doch dann drehte er sich ganz langsam zu mir, wie in Zeitlupe, sah mich mit einem derart jämmerlichen Hundeblick an und sagte mich schwacher Stimme „Guten Morgen, Amira". Ich dachte, er fängt gleich zu weinen an. Ich nickte ihm noch zu und versuchte so schnell wie möglich von ihm wegzukommen. Ich wollte keine Tränen fließen sehen. Nun grüßt er, ohne einen Blick auf die Klasse zu werfen, er sieht starr nach vorne, legt seine Sachen auf den Lehrertisch und dreht sich dann zum Kreuz für das

Morgengebet. Als wir das Gebet gesprochen haben, setzt er sich hin und sieht uns zum ersten Mal an. Sein Gesicht wirkt eingeschlafen, sein Blick ist verbissen und leer.

„Ich bin heute echt schlecht gelaunt", beginnt er plötzlich, „meine Laune ist auf einer Skala von eins bis zehn bei drei."

Etwas ganz Neues.

Ich drehe mich zu Nora und flüstere ihr zu: „Ich kann mir auch vorstellen, warum! Olli ist nicht mehr hier!"

Nora kichert und nickt.

Olli hat die Matura geschafft und das bedeutet, Innhofs Leben ist noch sinnloser als zuvor, da er ihn nicht mehr jeden Tag sehen kann. Zumindest interpretieren Nora und ich das so. Wer weiß, vielleicht ist ja auch ein Stückchen Wahrheit dran. Aber auch wir sind ehrlich gesagt traurig darüber. Diese unzähligen komischen Situationen zwischen Innhof und Olli haben uns erheitert, ab nun sind sie einfach weg.

„Kennt ihr diese Lehrer, die ihre schlechte Laune an den Schülern auslassen, bei denen man sofort merkt, wie es ihnen geht, wenn sie in die Klasse kommen?", redet er auf einmal weiter.

Ähm, ja? Genau hier sitzt so ein Lehrer. Wir nicken bloß.

„Schrecklich, oder? Also ich darf mich da nicht ausnehmen, mir ist das auch schon einmal passiert, wenn mich zum Beispiel eine Klasse genervt hat, habe ich bei der nächsten Klasse eine schriftliche Stundenwiederholung gemacht." Nora sieht ihn skeptisch an und er reagiert sofort darauf: „Das darf ich übrigens!"

Nora und ich sehen uns verwundert an. Was wird das?

„Und wenn dann die ganze Klasse den Atem anhält, weil sie nicht wissen, wie so ein Lehrer gleich reagieren wird, ob er einfach schweigt oder herumschreien wird, das ist sicher auch nicht angenehm für die Schüler, oder?" Er fährt fort: „Aber das darf man diesen Lehrern auch nicht vorwerfen, das ist schließlich menschlich!"

Diesen Lehrern? Was? Macht er gerade eine Personenbeschreibung von sich selbst? Er ist der einzige Lehrer weit und breit, der so ist. Er redet einfach von sich selbst und merkt es nicht einmal. Nora und ich schauen uns wieder an und wissen nicht, ob wir einfach den Kopf schütteln oder in schallendes Gelächter ausbrechen sollen. Bizarr.

„Irgendwie sind Lehrer schon Masochisten, oder? Findet ihr auch? Lehrer sind Masochisten", erzählt er weiter und lacht dabei.

Hä? Ich lege mein Gesicht in die Hände und schüttle beschämt den Kopf. Was willst du von uns, denke ich, hör einfach auf zu reden. Doch er hört nicht auf, er redet immer weiter. Immer und immer wieder sagt er, dass Lehrer Masochisten seien und lacht dabei und wirft zwischen seinen Lachern ein, wie schlecht gelaunt er heute ist. Ich sitze verstört in der letzten Reihe. Noch nie hat er so gut gelaunt gewirkt wie in diesem Moment, heute ist ein guter Tag und er sagt, er habe wahnsinnig schlechte Laune. Ich bin äußerst verwirrt. Muss ich das verstehen? Und dann hört er einfach nicht auf zu sagen, dass Lehrer es lieben, andere Menschen – also Schüler – zu quälen und deshalb seien sie Masochisten. Ich atme genervt aus und schaue aus dem Fenster. Dieser Typ kennt nicht einmal die Bedeutung der Wörter, die er benutzt. Masochisten sind Leute, die selbst gerne Schmerz und Leid empfinden, Sadisten hingegen fügen anderen Menschen gerne Schmerz und Leid zu. Am liebsten hätte ich es ihm ins Gesicht geschrien. Er verwechselt diese Wörter miteinander. Gott, lass Hirn regnen! Langsam beginne ich zu grinsen, schüttle dabei schweigend den Kopf und schaue weiter aus dem Fenster in unseren Schulgarten.

Plötzlich spricht er mich an: „Amira, findest du, dass ich auch ein Masochist bin?"

Ich drehe meinen Kopf zu ihm und schaue ihn an. Was zur Hölle? Woher soll ich denn wissen, ob du ein Masochist bist, denke ich.

„Lehrer sind schon Masochisten oder? Findest du auch, dass Lehrer Masochisten sind, Amira?", stochert er weiter.

„Eher Sadisten", antworte ich nüchtern und die Klasse beginnt zu prusten.

Da fällt auch bei ihm der Groschen und er nickt.

„Ah, stimmt, Sadisten heißt das. Masochisten sind etwas anderes", bemerkt er nun.

„Genau", sage ich lächelnd.

Als sich die Stimmung wieder ein bisschen beruhigt hat und wir mit Innhof noch Stoff durchgenommen haben, fragt eine Klassenkollegin, wie es denn eigentlich mit dem Schulball aussähe. Stimmt, der Schulball. Monatelang hat Innhof uns mit diesen Vorbereitungen gequält, hat uns Mädchen dazu gedrängt, Dekorationen zu basteln, weil alle Mädchen ja so gerne und so gut basteln können und nun wurde der Schulball wegen Corona abgesagt. Er meint bloß, dass er alles versucht habe, den Schulball auf Herbst zu verschieben, es gäbe jedoch keine freien Termine mehr bei unserer „Location". Aber es soll nicht umsonst gewesen sein. Eigentlich wäre dieser Schulball für die diesjährigen achten Klassen gewesen, aber nun haben wir einfach unseren eigenen Maturaball für nächstes Jahr vorbereitet. Na ja, auch gut. Und als wir mit Innhof über unseren Ball reden, kommen wir auch auf die Matura zu sprechen. Juhu, mein Lieblingsthema. Aber da gibt es zum Glück neue Entwicklungen. Der Bildungsminister hat angekündigt, dass sich die Matura zukünftig ändern soll. So wie in diesem Jahr soll auch nächstes Jahr die Endzeugnisnote in die Maturanote miteingerechnet werden: So haben wir eine Chance, unser Maturazeugnis zu verbessern oder zu verschlechtern, was vom jeweiligen Schüler abhängt. Aber für mich ist das definitiv eine gute Nachricht. Gott hat meine Gebete erhört, ich kann es kaum fassen! Natürlich ist auch dieses System nicht das Wundermittel für das grundsätzliche Problem, aber es ist ein Zeichen, ein Schritt in die richtige Richtung. Gott reicht mir den kleinen Finger und ich freue mich, ich beherrsche mich und versuche nicht die ganze Hand zu nehmen. Danke, auch wenn die Angst vor der Matura bleibt und die aggressive, fordernde Hand immer wieder zurückkommt, vielleicht gibt es Hoffnung, Hoffnung auf Veränderung.

Der Schultag ist zu Ende und bald ist auch das ganze Schuljahr geschafft. Wie sehr ich mich nach den Ferien sehne! Aber ganz so entspannt, so leicht wie sonst, werden diese Ferien nicht werden. Nicht nur, weil wir eine Vorwissenschaftliche Arbeit für die Matura schreiben müssen oder zumindest damit beginnen sollten, sondern auch wegen Corona. Dieser Sommer wird anders. Unser aller Leben wird eine Zeit lang anders sein. Ich denke an die Zeit, als die Pandemie gerade erst begann, als ich mich fürchterlich beschwerte, weil ich nicht in den Urlaub fliegen konnte. Als ich mir einredete, dass im Sommer alles wieder gut sein würde. Nun lache ich über mich, über meine Dummheit. Das Virus ist zäh, so schnell wird es uns nicht mehr verlassen. Ich hoffe nur, es zieht sich nicht bis hin zur Unendlichkeit. Unseren Sommerurlaub am Meer haben wir abgesagt, wir bleiben in Österreich. Und jetzt, da für mich das scheinbar Schlimmste eingetreten ist, bemerke ich, dass es gar nicht so schlimm ist. Es ist enttäuschend, es ist nervig, aber es ist nicht wirklich schlimm. Ich denke darüber nach, wie aufgebracht ich war, als die Schulen schlossen. Ich hatte einfach Angst, dass nach den Öffnungen der Stress doppelt und dreifach zurückkommt. Doch es war nicht so, denn die Schließungen dauerten länger als gedacht. Welch ein Glück! Die Homeschooling-Zeit war abwechselnd gut und furchtbar. Ich hatte den Stress meines Lebens und doch weiß ich, dass der Stress noch viel schlimmer geworden wäre, wenn es ein normales Schuljahr gewesen wäre. Mit all den Tests und Schularbeiten. Es ist gut so, wie es war. Irgendwie. Auch wenn ich es nicht verklären will. Man neigt ja gern dazu, Vergangenes zu verklären, zu sagen, dass die schlimmsten Sachen lustig waren. Lustig war es wirklich nicht.

Ich sitze vor dem Fernseher, bin ausnahmsweise ganz allein zu Hause. Die Eltern sind in der Arbeit, Mirjam ist bei einer Freundin und ich sehe eine Reportage. Eine Reportage über die Auswirkungen des Virus in den verschiedenen Ländern. Als würde sich nicht ohnehin alles um dieses Virus drehen, schau ich mir es auch noch an. Idiotisch. Es wird Österreich gezeigt, es wird gezeigt, wie das Virus, als es noch nicht wirklich ernst genommen wurde, ausgehend von einem Schiurlaubsort durch ganz Europa getragen wurde. Man sieht die Überforderung der Gesundheitssysteme weltweit, von Frankreich, Spanien, England und natürlich auch von Italien. Die ganze Welt ist schonungslos davon betroffen. In Südamerika liegen die Toten auf der Straße, weil man nicht weiß, wohin mit ihnen. Es werden Massengräber ausgehoben, weil es sonst keinen Platz für so viele Tote gäbe. In Brasilien lehnen sich die Menschen am Abend aus dem Fenster und klopfen auf Töpfe, machen Lärm und Wirbel, um gegen ihren Präsidenten zu demonstrieren, weil er das Virus ignoriert und nichts dagegen unternimmt. Es wird gezeigt, wie Schweden versuchte, einen Lockdown zu vermeiden. Und man sieht, wie der Präsident der USA das Virus leugnet, es als chinesisches Virus bezeichnet, sich anfangs weigerte, eine Maske zu tragen und behauptet, China hätte das Virus erfunden. Die Welt ist ein Irrenhaus, ihre Tugend ist der Wahnsinn. Während ich das Spektakel anschaue und sehe, was diese Pandemie mit uns macht, werden plötzlich Interviews eingespielt. Zuerst eines aus Texas, noch gar nicht so lange her. Ein junger Mann ist durchgedreht und hat in einem Shop eine Waffe gezogen, weil er durch die Pandemie seine Arbeit verlor und kein Geld mehr hat. Polizisten werden zu dem Geschehen befragt. Doch im Hintergrund steht ein älterer Mann mit Cowboyhut, er sieht so aus, wie man sich einen echten Amerikaner vorstellt. Irgendetwas an ihm fesselt mich. Vielleicht sein nachdenklicher Blick oder der Schmerz, der sich in seinen leuchtenden Augen spiegelt. Etwas Mürrisches und Verbissenes oder die Erlebnisse seines Lebens. Ich habe keine Ahnung von dem Mann und trotzdem tut er mir leid, trotzdem spüre ich, dass er Leid in sich trägt, warum auch immer. Doch bevor ich mich weiter mit ihm beschäftigen kann, wird nun die leere Stadt Peking am Höhepunkt der Pandemie gezeigt. Absperrungen und totenstille Straßen. Es wird ein Interview mit einer Frau präsentiert. Sie weint und ist schrecklich aufgebracht. Sie schreit immer wieder in die Kameras, dass sie ins Krankenhaus müsse, sie aber niemand durchlassen wolle. Sie zeigt auf ihre Tochter und ruft, dass sie Leukämie hat und sofort eine Behandlung braucht. Mein Herz erfriert bei diesem Anblick. Es liegt ein Schmerz in ihrer Stimme, der nicht zu beschreiben ist. Was bloß aus ihr geworden ist? Wie es bloß um ihre Tochter steht? Das nächste Interview stammt aus Rom. Eine Krankenschwester und ein Arzt erzählen davon, wie sie die Pandemie erlebt haben. Die Frau fordert aufgebracht, nicht nur als Heldin bezeichnet, sondern auch wie eine bezahlt zu werden. Sie beschwert sich über das Gesundheitssystem und will Gerechtigkeit. Mein Blick fällt aber bald auf den Arzt. Er steht still daneben, nickt immer wieder und erzählt dann von seinen Erlebnissen mit den Kranken und Toten und von den Flüchtlingen in Moria. Seine Stimme ist voller Wärme und Gutmütigkeit. Sein Blick ist traurig und trotzdem schwingt Hoffnung mit, er ist faszinierend, berührend, eine kleine Erscheinung. Mir ist, als fühlte ich das, was er fühlt. Und plötzlich kommt mir in den Sinn, dass diese drei Menschen, die gerade gefilmt wurden – so unterschiedlich sie auch sein mögen – etwas verbindet. Etwas Trauriges und Mächtiges. Etwas, das ich nur allzu gut kenne, auf meine Weise und das auch sie begleitet, auf ihre Weise. Ein Gefühl, gefüllt mit Philosophie und Liebe, umhüllt von tiefer Trauer und Wehmut. Ein Gefühl, das nicht jede Menschenseele fühlen kann, sondern nur jene, die noch an einen Sinn und an Gerechtigkeit glauben wollen. Die hoffen, dass sich alles zum Guten wenden wird. Es gibt sie, es gibt diese Menschen, die so fühlen, ich weiß es, ich bin nicht die Einzige, die dieses Gefühl manchmal beschleicht. Ich stehe auf und öffne die Balkontür. Ich lehne mich an das Geländer über die roten Blumen und denke an meine eigene Last. Vielleicht wird mich die dunkle und kalte Hand niemals loslassen, doch vielleicht wird ihr Griff irgendwann schwächer. Vielleicht finde ich meinen Platz in der Welt. Ich schaue in die Ferne, auf die Felder und Wälder, die mit der Stadt zu verschmelzen scheinen, und auf die Berge. Die gewaltvollen Berge, die gleichzeitig eine solche Sanftmut ausstrahlen. Ich schließe die Augen, spüre bewusst die Sonnenstrahlen auf meiner Haut, höre in der Ferne das Donnern des Gewitters, das uns bald erreichen wird und denke mir: Vielleicht gibt es immer noch Hoffnung.

Und in diesem Moment, der allein mir gehört, klopft wieder dieses besondere Gefühl an die Tür meines Herzens und ich lasse es herein. Die Sonnenstrahlen werden langsam schwächer und ein kühler Wind, der Regen aus der Ferne verspricht, weht mir entgegen. Bei jedem Donner, der lauter wird, durchströmt mich dieses Gefühl aufs Neue, durchströmt es mich mit all seiner Weisheit und Schönheit: Es schmerzt, zu begreifen, dass wir in einer Zeit leben, die für den Menschen nicht besser sein könnte, die noch nie so gut für den Menschen war und dass es immer noch nicht perfekt ist, dass immer wieder neue Unvollkommenheit entsteht. Der Weltschmerz schmerzt immer noch und für immer. Denn es ist, was es ist, und es ist gut, auch wenn es nicht gut ist.

HERZ FÜR AUTOREN A HEART FOR AUTHORS À L'ÉCOUTE DES AUTEURS MIA KAPΔIA ΓIA ΣYΓ
HJÄRTA FÖR FÖRFATTARE UN CORAZÓN POR LOS AUTORES YAZARLARIMIZA GÖNÜL VERELIM S
CUORE PER AUTORI ET HJERTE FOR FORFATTERE EEN HART VOOR SCHRIJVERS TEMOS OS AU
ZÖINKÉRT SERCE DLA AUTORÓW EIN HERZ FÜR AUTOREN A HEART FOR AUTHORS À L'ÉCO
CORAÇÃO BCEЙ ДУШОЙ K ABTOPAM ETT HJÄRTA FÖR FÖRFATTARE Á LA ESCUCHA DE LOS AUT
AUTEURS MIA KAPΔIA ΓIA ΣYΓΓPAΦEIΣ UN CUORE PER AUTORI ET HJERTE FOR FORFATTERE EE
YAZARLARIMIZA GÖNÜL VERELIM ZÖINKÉRT SERCE DLA AUTORÓW EIN HERZ F
VOOR SCHRIJVERS TEMOS OS CORAÇÃO BCEЙ ДУШОЙ K ABTOPAM ETT HJÄRTA F

Die Autorin

Die 2002 im österreichischen Neunkirchen gebore-
ne Magdalena Ungersbäck hat 2021 die Reifeprü-
fung abgelegt und bereits im Alter von acht Jahren
mit dem Verfassen von Kurzgeschichten und
Fabeln begonnen. „Weltschmerz und Wahnsinn"
ist ihre erste Veröffentlichung. Neben der Literatur
und dem Schreiben interessiert sich Ungersbäck
für Theater, Filmkunst und Geschichte. Die Autorin
lebt in dem kleinen niederösterreichischen Ort
Grimmenstein.

novum ☙ VERLAG FÜR NEUAUTOREN

Der Verlag

Wer aufhört
besser zu werden,
hat aufgehört
gut zu sein!

Basierend auf diesem Motto ist es dem novum Verlag
ein Anliegen neue Manuskripte aufzuspüren, zu ver-
öffentlichen und deren Autoren langfristig zu fördern.
Mittlerweile gilt der 1997 gegründete und mehrfach
prämierte Verlag als Spezialist für Neuautoren in
Deutschland, Österreich und der Schweiz.

**Für jedes neue Manuskript wird innerhalb
weniger Wochen eine kostenfreie, unverbind-
liche Lektorats-Prüfung erstellt.**

Weitere Informationen zum Verlag und
seinen Büchern finden Sie im Internet unter:

www.novumverlag.com